封魔錄

봉마록

봉마록

1판 1쇄 찍음 2014년 3월 14일
1판 1쇄 펴냄 2014년 3월 19일

지은이 | 기억의 주인
펴낸이 | 정 필
펴낸곳 | 도서출판 **뿔미디어**

편집장 | 이재권
기획 · 편집 | 윤영상
편집디자인 | 이진선

출판등록 | 2002년 9월 11일 (제081-1-132호)
주소 | 경기도 부천시 원미구 상동로 117번길 49(상동) 503호 (우)420-861
전화 | 032)651-6513 / 팩스 032)651-6094
E-mail | bbulmedia@hanmail.net
홈페이지 | http://bbulmedia.com

값 8,000원

ISBN 979-11-7003-292-2 04810
ISBN 978-89-6775-526-3 04810 (세트)

기억의 주인 신무협 장편 소설

封魔錄
봉마록

목차

1장
서문유란의 위기

"크하하하하하!"

뇌옥을 나선 염마가 광소를 터뜨렸다.

생각지도 못했던 행운으로 금제를 깨 버렸으니 그 기쁨이 이루 말할 수 없었던 것이다.

우드드득!

동시에 뼈만 앙상하던 그의 육신이 점점 커지더니 본래의 모습을 되찾았다.

그간 힘을 찾았음을 숨기기 위해 일부러 무기력하고 나약한 모습을 보여 왔던 것이다.

웃음을 그친 염마가 고개를 돌려 방금 빠져나온 뇌옥 건물을 바라봤다.

"크흐흐흐! 감이 이 염마를 가둘 수 있다 여기다니, 그 오만의 대가를 치르도록 해 주마!"

염마의 두 눈에서 불꽃이 이글거린다 싶은 순간 그의 몸에서 서대한 화염이 일어나 뇌옥을 향해 쏘아졌다.

화아아아악!

콰아아앙!

화염이 뇌옥을 덮치며 폭발이 일어났다.

마치 수십 개의 화탄이 동시에 터진 듯한 어마어마한 규모의 폭발이었다.

뇌옥 건물은 순식간에 불길에 휩싸였다.

"크하하하하! 기다려라, 서문광천! 공지! 내 너희에게 진정한 지옥을 맞보게 해 주마!"

염마가 허공을 향해 크게 소리쳤다.

"습격이다!"

"웬 놈이냐!"

폭음을 듣고 무벌의 무사들이 몰려왔다.

염마가 천천히 몸을 돌려 몰려드는 무사들을 바라봤다.

그의 얼굴에는 어느새 잔인한 미소가 걸려 있었다.

"버러지들!"

후아아악!

염마가 오른손을 쭉 뻗자 어른 머리통만 한 화염구가 무사들을 향해 날아갔다.

"조, 조심해라!"

무사 하나가 급히 소리쳤으나 화염구가 그들을 덮치는 속도가 한 발 빨랐다.

콰아앙!

"크아악!"

"아악!"

단 한 번의 폭발로 십여 명의 무사들이 화염에 휩싸였다.

아직 힘의 반도 찾지 못했다 해도 진마는 진마였다.

일반 무사들이 그를 막아 낼 수 있을 리가 없는 것이다.

스슥!

염마의 육신이 사라진다 싶은 순간 어느새 무사들의 머리 위 허공에서 나타났다.

무사들은 염마를 찾느라 허둥대고 있었다.

"머리 위다!"

그중 지휘관으로 보이는 중년인이 염마를 발견했을 때는 이미 그의 두 손에서 화염이 쏟아져 나오고 있었다.

"가소로운 놈들!"

화르르륵!

염마가 쏘아 낸 화염의 비가 무사들을 덮쳤다.

"크아악!"

"아악!"

뇌옥 앞마당 전체가 이글거리는 불꽃에 휩싸였다.

화염을 피하지 못한 이십여 명의 무사들은 순식간에 불덩이로 화했다.

고통 속에 몸부림치는 무사들의 모습을 흡족한 표정으로 바라보며 염마가 서서히 땅으로 내려섰다.

"크하하하하! 그래, 그렇게 발버둥 치거라. 응?"

광소를 터뜨리던 염마의 시선이 갑자기 서쪽으로 향했다.

두 명의 무사가 빠른 속도로 염마를 향해 다가오고 있는 것이 보였다.

만만치 않은 기세를 가지고 있는 것으로 보아 상당한 고수들로 보였다.

두 사내는 금세 염마와의 거리를 좁혔다.

쿵!

땅에 내려선 두 사내를 보는 염마의 눈동자가 빛났다.

"주군!"

순간 두 사내가 염마 앞에 무릎을 꿇었다.

그들은 바로 공지를 돕던 염마의 권속들이었다.

권속들과 그들을 만든 주인은 심령으로 통한다.

그들은 염마의 금제가 풀렸음을 알고 즉시 뇌옥으로 달려왔다.

염마가 뇌옥에서 풀려난 이상, 서문광천과 공지의 명을 따를 이유가 없는 것이다.

염마의 입꼬리가 천천히 위로 말려 올라갔다.

"서문세가로 안내하거라!"

그의 눈은 어느새 분노와 증오로 가득 차 있었다.

"모시겠습니다!"

명을 받은 두 권속은 즉시 몸을 날렸다.

두 눈에서 살기를 뿜어내며 염마가 권속들의 뒤를 따랐다.

◐

염마와 두 권속은 서문세가 정문을 향해 서서히 걸음을 옮겼다.

정문은 네 명의 위사가 지키고 있었다.

"무슨 일로 본가를 방문하셨소?"

그중 가장 나이가 많아 보이는 중년 무사가 예의를 잃지 않고 조심스럽게 염마 일행의 정체를 물었다.

얼핏 보아도 염마와 두 권속이 심상치 않은 기도를 풍기고 있었기 때문이다.

씨익!

염마의 얼굴에 조소가 걸렸다.

순간 두 권속이 위사들을 향해 몸을 날렸다.

"엇!"

두 권속의 갑작스런 공격에 위사들이 헛바람을 들이키며 무기를 꺼냈다.

하지만 진마가 직접 만들어 낸 권속을 일개 위사들이 상대할 수 있을 리 만무했다.

쉬아악!

퍼퍽!

"크악!"

"아악!"

권속들의 도가 허공을 가르는가 싶더니 순식간에 네 위사들의 목이 육신과 분리되어 땅에 떨어졌다.

"크크크크, 여기가 서문광천의 식솔들이 사는 곳이란 말이지?"

염마의 눈에 불꽃이 번쩍였다.

콰아아앙!

순간 폭발과 함께 정문이 산산조각으로 터져 나갔다.

휘유우우웅!

어느새 염마의 몸에는 한.마리 화룡이 똬리를 틀고 있었다.

"웬 놈이냐!"

"습격이다!"

폭발에 놀란 서문세가의 무사들이 황급히 달려 나오는 모습이 보였다.

화룡이 마치 당장에라도 달려 나가려는 듯 거칠게 일렁거렸다.

"어디 사냥을 시작해 볼까? 잔챙이들은 신경 쓰지 말고, 서문광천의 식솔들을 찾아라!"

권속들에게 명을 내린 염마가 섬전처럼 몸을 날렸다.

동시에 그의 몸을 둘러쌌던 화룡이 주변을 휩쓸었다.

화르르르륵!

콰아앙!

"막아라!"

"크악!"

"불을 꺼라!"

정문 주변의 건물들이 순식간에 불길에 휩싸이며 서문세가는 아수라장이 되었다.

"죽고 싶지 않거든 방해하지 마라!"

염마가 화염을 사방으로 날리며 소리쳤다.

물론 염마는 결코 이들을 살릴 생각이 없었다.

단지 서문광천의 식솔들이 도망치기 전에 잡으려면 서둘러 움직여야 했기 때문이다.

여기저기서 무사들이 몸에 불이 붙은 채 비명을 질러 댔으나, 염마는 눈길조차 주지 않고 곧장 안쪽으로 향했다.

무사들이 죽음을 무릅쓰고 달려들었지만 염마의 거침없는 발길을 막을 수 있는 자는 없었다.

결국 얼마 되지 않아 염마는 서문세가의 안주인 용화란이 거주하고 있는 안채 입구에 다다르고야 말았다.

"이곳입니다!"

걸음을 멈춘 권속이 고개를 숙이며 말하자 염마의 입가에 잔인한 미소가 걸렸다.

서문광천의 계집과 자식 놈들을 갈기갈기 찢어 죽일 생각을 하니 벌써부터 온몸에 짜릿한 전율이 일었다.

"이놈! 감히 여기가 어디라고!"

그때 바람처럼 등장한 다섯 명의 노인이 염마를 막아섰다.

"호오? 제법 쓸 만한 놈들이구나?"

염마가 흥미롭다는 얼굴로 다섯 노인을 바라봤다.

"저들은 서문오로라는 자들로 모두 화경에 근접한 자들입니다."

권속 중 하나가 염마에게 그들의 정체를 알렸다.

서문오로는 전대의 가신들로 그중 맏형격인 진곽은 이미 화경의 경지를 넘어섰고, 나머지 이들도 모두 화경에 근접해 있는 상승 고수들이었다.

이들은 서문광천이 혹시라도 있을 마귀의 습격에 대비해 남겨 둔 전력이었다.

"흥! 겁도 없이 서문세가를 노리다니, 간덩이가 배 밖으로 나온 놈이구나!"

진곽이 분노에 가득 찬 얼굴로 염마를 노려보았다.

"크크크, 내가 비록 지금은 본래의 오 할 정도밖에 힘을 발휘할 수 없다 하나, 겨우 네깟 놈들 따위가 맞먹으려 하다니 어이가 없구나!"

순간 염마의 육신이 변하기 시작했다.

우두두두둑!

눈과 입에서는 화염을 줄기줄기 뿜어내고, 등 뒤에는 화염으로 이루어진 갈기가 이글거렸다.

머리카락과 수염은 넘실대는 불꽃으로 변했고, 온 몸을 다섯 마리의 화룡이 둘러쌌다.

"이런, 마귀였구나! 검진을 펼쳐라!"

염마의 정체를 알아차린 서문오로가 긴장한 표정으로 염마와 권속들을 둘러쌌다.

그들 역시 그동안 의창에서 벌어진 사건들로 인해 마귀가 얼마나 위험하고 강력한 존재인지 잘 알고 있었던 것이다.

다섯 방위를 밟으며 교차로 움직이는 그들의 모습에 염마가 신중한 표정이 되었다.

상상했던 것 이상으로 다섯 노인이 만들어 낸 검진의 압력이 강했기 때문이다.

서문오로가 펼치고 있는 검진은 오행무극검진이라는 것으로 다섯 사람의 힘을 한데 모아 몇 배로 증폭시켜 그 중심에 위치한 적을 제압하는 무서운 절기였다.

진의 중심에 들어서게 되면 다섯 사람의 힘뿐 아닌, 진으로 인한 압력까지 견뎌야 했기에 결국 상대는 자신의 실력을 제대로 펼쳐 보지도 못하고 허무하게 당하게 된다.

지금 염마는 그 중심에 서 있는 것이다.

어느 순간 놀랍게도 서문오로의 모습이 사라지고 오로지 다섯 자루의 검만이 허공에 뜬 채 염마를 향해 날아왔다.

갑작스러운 상황에 염마가 눈살을 찌푸렸다.

검진의 엄청난 압력만도 상당히 성가셨는데, 이젠 실체가 없는 검을 상대해야 하는 것이다.

아직 온전한 힘을 찾지 못한 그로서는 제법 까다로운 일이었다.

파파파팟!

검들은 허공을 날며 화염에 휩싸인 염마의 육신을 공격했다.

쉴 새 없이 달려드는 다섯 자루의 검과 염마의 화염이 부딪히며 불꽃이 사방으로 튀었다.

검진의 영향 때문인지 염마는 자리에서 조금도 움직이지

못하고 있었다.

까강!

힘겹게 검들을 쳐 내던 권속들은 이미 몸에 크고 작은
상처를 입고 있었다.

그나마 서문오로의 공격이 염마에게 집중되었기에 아직
버티고 있는 상황이었다.

"이런 쥐새끼들!"

염마가 이를 갈며 힘을 끌어 올렸다.

진마인 자신이 고작 이딴 조무래기들에게 고전하고 있다
는 사실에 짜증이 일었던 것이다.

쿠르르르릉!

다섯 화룡들이 꿈틀대며 땅과 대기가 요동쳤다.

"놈이 빠져나가려 한다! 막아라!"

진곽의 외침과 함께 검진의 압박이 더욱 커졌다.

"겨우 이 정도냐! 크아아아앗!"

눈썹을 잔뜩 치켜올린 염마가 사자후를 토해 내자 다섯
마리 화룡이 서문오로를 향해 짓쳐 들었다.

콰아아아앙!

"크으윽!"

다섯 화룡이 검진을 들이받음과 동시에 어마어마한 폭발
이 일어났다.

귀를 멍멍하게 만드는 폭음과 동시에 외마디 신음 소리

가 터져 나왔다.

염마의 강력한 공격에 서문오로 중 막내 양신이 결국 버
텨 내지 못하고 내상을 입은 것이다.

곧바로 진이 흔들리더니 다섯 노인의 모습이 드러났다.

"이런!"

이를 악문 진곽이 청색 검강이 깃든 검을 염마의 심장을
향해 찔러 넣었다.

"흥!"

하지만 어느새 두 마리의 화룡이 염마의 앞을 막아섰
다.

콰아앙!

"크윽!"

폭음과 함께 진곽이 뒤로 밀려났다.

"안 되겠다! 모두 안채로 후퇴해라!"

진곽의 외침과 동시에 서문오로가 안채 입구로 몸을 날
렸다.

"어딜!"

쿠르르릉!

하나 곧장 그들의 꽁무니를 향해 다섯 화룡이 아가리를
들이밀었다.

"하아압!"

위기를 느낀 진곽이 돌아서서 검을 휘둘렀다.

그러자 그의 검에서 솟아난 검강이 마치 채찍처럼 휘어져 다섯 화룡과 부딪혔다.

자신의 모든 공력을 한 톨까지 끄집어 낸 혼신의 일격이었다.

콰콰쾅!

"크아악!"

다섯 화룡 중 세 마리를 막아 낸 진곽이 피를 뿌리며 튕겨 나갔다.

움직임이 없는 것으로 보아 살아나기는 어려울 듯싶었다.

진곽이 막아 내지 못한 두 화룡이 막내 양신과 둘째 운공을 덮쳤다.

퍼엉!

콰아앙!

"으윽!"

화룡에 직격당한 양신은 그 형체조차 알아볼 수 없을 정도로 숯덩이로 변해 버렸고, 운공은 오른팔이 재가 되어 날아갔다.

하지만 진곽의 희생으로 운공을 비롯 서문오로 중 세 사람은 안채로 달아날 수 있었다.

"흥! 안채로 도망간다고 별수 있으리라 보느냐! 오히려 한꺼번에 죽일 수 있으니 더 편하게 되었구나!"

염마와 두 권속이 서문오로의 뒤를 따라 안채로 몸을 날렸다.

막 염마가 입구로 들어서려는 순간이었다.

우우우우웅!

갑자기 안채를 둘러싼 담장과 입구에 붉게 빛나는 글자들이 생겨났다.

터엉!

"크윽!"

동시에 두 권속이 비명과 함께 뒤로 튕겨져 나갔다.

염마의 눈에서 혈광이 일었다.

"이런 개 같은 중놈! 내 피로 만든 결계로구나!"

공지가 만일을 대비해 안채에 염마의 피를 이용한 결계를 펼쳐 놓은 것이다.

사실 이 결계는 제갈세가에 숨어 있는 혼마를 상대하기 위한 것이었다.

혹시라도 서문광천이 자리를 비운 때에 혼마가 날뛸 경우를 대비한 것이다.

진마의 피로 만들었기에 혼마도 쉽게 뚫을 수 없는 강력한 결계.

그러니 본래 힘의 오 할밖에 발휘할 수 없는 염마가 뚫어 낼 수 있을 리 만무했다.

자신의 피로 만든 결계가 서문광천의 식솔을 보호하고

있으니 염마로서는 울화통이 터지는 일이었다.

쿠르르릉!

분노한 염마가 다섯 마리 화룡으로 결계를 공격했다.

콰콰쾅!

강력한 폭발이 일어났으나, 결계는 조금 흔들릴 뿐 흠집 조차 없었다.

"공지…… 이놈!"

이를 가는 염마의 고함소리가 허공으로 울려 퍼졌다.

◑

피 냄새 가득한 석실에 창백한 얼굴의 아이가 몸을 숙이고 무언가에 열중하고 있다.

아이의 발치에는 온몸의 껍질이 벗겨진 인간의 육신이 놓여 있었다.

"끄……으. 사, 살려……."

놀랍게도 그는 아직 살아 있는 상태였다.

아이는 칠흑처럼 어둡고 깊은 눈으로 인간이라 짐작되는 참혹한 육신을 바라봤다.

아이가 오른손을 들어 육신의 뱃속으로 집어넣자 마치 두부를 관통하듯 거침없이 안으로 비집고 들어갔다.

"끄으으으……."

고통에 찬 비명이 석실 안을 울렸다.

"많이 아파?"

아이가 고개를 갸웃거리며 물었다.

하지만 육신의 주인은 이미 의식을 잃은 상태였다.

"응?"

그때 유리 같던 아이의 눈에 광채가 일었다.

"이게 뭐야? 여우 놈인가? 킥킥킥, 스스로 모습을 드러 낸 건가? 그럼 만나러 가야지. 히히히히."

아이의 모습이 흐물거리는가 싶더니 순간 바닥으로 스며 들더니 사라져 버렸다.

☯

한편 안채에는 서문광천의 아내 용화란과, 둘째 아들 서 문동혁이 있었다.

"괜찮으십니까!"

서문동혁이 걱정스러운 표정으로 팔이 불타 버린 윤공을 부축했다.

서문오로 중 둘이 죽고 윤공은 한 팔을 잃었다.

그만큼 적이 강력한 힘을 가지고 있다는 이야기였다.

"호, 혹시 향이는 보지 못하셨나요?"

용화란이 불안한 얼굴로 조심스럽게 물었다.

서문유향이 아직 안채에 도착하지 못한 것이 걱정하고
있었다.

　"죄송합니다. 놈이 너무 강력해서 아가씨께 갈 수가 없
었습니다. 목숨이라도 바쳐서 아가씨를 데려왔어야 했는
데…… 크흑!"

　윤공이 큰 죄라도 지은 듯 바닥에 무릎을 꿇고는 용화란
에게 용서를 구했다.

　서문오로의 역할이 비상시에 서문광천의 식구들을 보호
하는 일이었기 때문이다.

　"아닙니다. 어르신들께서는 최선을 다하셨습니다. 괜히
저희 부탁 때문에 두 분이나 목숨을 잃으셨으니, 오히려
죄송할 따름입니다. 향이 옆에는 풍운 아저씨께서 계시니
큰 탈은 없을 터이니, 일단 부상부터 살피십시오."

　서문동혁이 착잡한 얼굴로 윤공을 일으켜 세웠다.

　자신이 서문오로에게 서문유향을 찾아 달라 부탁하지 않
았다면 이런 사고도 없었을 것이다.

　결국 자신의 부탁 때문에 두 사람이나 죽고, 윤공은 팔
을 잃은 셈이니 마음이 무거울 수밖에 없었다.

　"맡은 바 임무를 완수하지 못했으니 저희야말로 죄인입
니다. 도련님께서는 너무 마음 쓰지 마십시오."

　서문동혁의 마음을 눈치챈 셋째 장명이 단호하게 말했
다.

자신들이 미흡해 주군의 가족을 지키지 못했는데, 그로 인해 서문동혁이 죄책감을 느끼게 한다면 가신의 자격이 없는 것이다.

쾅! 콰앙!

입구 쪽에서는 계속해서 폭음이 들려오고 있었다.

아마도 결계를 부수기 위해 염마가 공격을 퍼붓고 있는 것일 터였다.

서문동혁과 용화란, 서문오로는 불안한 얼굴로 서문유향의 거처가 있는 별채 쪽을 바라봤다.

한편 염마는 계속되는 공격에도 결계가 깨지지 않자 화가 머리끝까지 치밀어 오른 상태였다.

여기서 시간을 너무 오래 끌다가 자칫 혼마라도 달려오면 큰일이었다.

지금의 실력으로 혼마와 상대하는 것은 필패이리라.

"이익!"

이를 악문 염마가 결계가 쳐진 안채 입구를 노려봤다.

염마는 이대로 몸을 빼느냐 아니면 좀 더 결계를 두드려 보느냐 고민에 빠졌다.

"주군! 서문유향이 있는 별채는 이곳에서 제법 거리가 됩니다. 아마도 그년은 안채로 피신하지 못했을 확률이 높습니다. 그년을 잡으시지요!"

권속의 이야기를 들은 염마의 눈동자가 빛났다.

"서문광천의 딸년 말이냐?"

"그렇습니다. 소문에 의하면 서문광천이 딸년을 무척 아낀다고 합니다. 그년을 죽이시면 놈이 제법 타격을 받을 것이 분명합니다!"

염마의 얼굴에 희색이 돌았다.

"그렇단 말이지? 좋다! 당장 그리로 안내하라!"

염마는 권속들을 안내에 서문유향이 거처하는 별채로 향했다.

☯

"아가씨!"

풍영이 문을 부수다시피 하며 다급히 서문유향의 방으로 들어왔다.

"무, 무슨 일이에요? 아저씨?"

풍영의 표정이 심상치 않음을 눈치챈 서문유향이 두려운 눈빛으로 물었다.

"습격입니다!"

동시에 멀리서 비명과 폭음이 들려왔다.

"어떻게?"

서문유향이 믿기 힘들다는 표정으로 말했다.

누가 감히 서문세가를 습격한단 말인가.

물론 정마대전에 참여하기 위해 꽤 많은 인원이 빠져나간 상황이었으나, 현재 남아 있는 전력도 어지간한 문파 서너 개와 맞먹을 정도의 규모였다.

"침입자의 실력이 상상 이상으로 강력합니다. 일단 몸을 피하시는 것이 좋겠습니다!"

"어머니와 오라버니는요?"

"걱정 마십시오. 용 부인께서는 안채에 계시니 안전하실 것입니다. 그리고 둘째 도련님도 안채와 얼마 떨어져 있지 않으니 벌써 그리로 피신하셨을 것입니다. 하니 지금은 아가씨의 안위만 생각하십시오. 현재 안채로 가는 길은 침입자가 버티고 있는 상태이니 다른 곳으로 피신하셔야 합니다."

염마가 버티고 있기에 안채 쪽으로 가는 것은 불가능했다.

다른 피난처를 찾아야 하는 것이다.

"어디로 가야 하죠?"

서문유향이 불안한 얼굴로 물었다.

"일단 비밀 통로를 통해 세가 밖으로 탈출하는 것이 최선일 것 같습니다. 서두르셔야 합니다."

상황이 심각함을 느낀 서문유향은 풍영을 따라 서둘러 방을 나섰다.

정원에는 이미 호위대 네 명이 대기하고 있었다.

"저희가 모시겠습니다!

호위대가 절도 있게 묵례를 한 후 서문유향을 둘러쌌다.

그때였다.

콰아앙!

"서문광천 딸년을 찾아라!"

멀지 않은 곳에서 폭음과 고함 소리가 들려왔다.

"놈이 이쪽으로 향하고 있는 듯합니다! 서두르십시오!"

풍영이 서문유향을 재촉해 별채 뒤쪽으로 향했다.

뒤뜰 지하에 밖으로 통하는 비밀 통로가 있었기 때문이다.

"어딜 도망가려고!"

그때 염마와 두 권속이 별채로 들이닥쳤다.

풍영의 안색이 딱딱하게 굳었다.

"제가 놈들을 막을 테니 아가씨는 호위들과 어서 몸을 피하십시오! 너희는 목숨을 걸고 아가씨를 안전하게 모시거라!"

"충!"

풍영의 명에 호위대가 고개를 숙였다.

"안 돼요! 아저씨 혼자 남겨 두고 갈 수는 없어요!"

하지만 서문유향이 용납할 수 없다는 표정으로 반발했다.

"아가씨, 저 혼자라면 어떻게 해서든 몸을 빼낼 실력은 되니 걱정하지 마십시오! 아가씨가 남아 계시면 오히려 제가 제대로 싸울 수 없습니다!"

서문유향의 눈동자가 흔들렸다.

풍영의 말이 맞았다.

그녀를 보호하면서 싸우는 것은 풍영을 더욱 위험하게 만들 뿐이다.

그는 서문세가에서 서문광천 다음 가는 절대고수였다.

게다가 신법은 특히 뛰어났다.

혼자라면 어떤 상황에서도 몸을 빼낼 수 있을 터.

하지만 어쩐지 발길이 떨어지지 않았다.

"큭큭큭, 눈물겹구나! 어차피 사이좋게 죽여 줄 터이니 걱정 말거라!"

화르르륵!

염마의 몸을 감싼 화룡이 두 사람을 향해 돌진했다.

다섯 마리의 화룡이 꿈틀대며 다가오는 모습은 서문유향의 간담을 서늘케 했다.

풍영이 재빨리 등에서 검을 빼어 들었다.

그의 검은 독특하게도 끝이 두 갈래로 갈라져 있었다.

"하압!"

기합과 함께 풍영의 검이 시계 방향으로 원을 그렸다.

쩌르릉!

순간 그의 검 끝을 중심으로 푸른 강기가 길게 꼬리를 물고 소용돌이를 일으켰다.

염마가 쏘아 낸 다섯 마리 화룡과 강기의 소용돌이가 부딪혔다.

콰콰콰콰쾅!

순간 염마의 눈이 부릅떠졌다.

놀랍게도 강기의 소용돌이와 부딪힌 다섯 마리 화룡이 엄청난 폭발과 함께 함께 소멸해 버린 것이다.

"어서, 어서 아가씨를 모시거라!"

화룡을 막아 낸 풍영이 다급히 소리쳤다.

염마의 공격을 막아 내긴 했으나, 충격이 상당했다.

게다가 두 명의 권속까지 상대해야 되는 상황이었다.

과연 시간을 얼마나 끌 수 있을지 장담할 수 없는 것이다.

자신이 계속 고집을 부리면 풍영에게 해가 될 뿐임을 잘 알기에 서문유향도 더 이상은 버티지 못하고 호위대와 함께 뒤뜰로 달아났다.

"놀랍군! 보통 놈이 아니구나!"

염마도 풍영의 실력이 만만치 않음을 느끼고 여유롭던 표정을 버렸다.

서문유향을 놓치지 않기 위해서는 빨리 풍영을 처리해야
했다.

하지만 단숨에 제압하기엔 풍영의 실력이 너무 뛰어났
다.

"너희는 서문 계집의 뒤를 쫓아라!"

어쩔 수 없이 권속들에게 서문유향을 쫓을 것을 명한 염
마가 풍영과 대치했다.

명을 받은 두 권속이 재빨리 뒤뜰 쪽으로 몸을 날렸다.

"어딜!"

순간, 풍영의 몸이 풍차처럼 제자리에서 회전했다.

쩌르릉!

동시에 그의 검으로부터 다발의 뇌전이 뿜어져 나왔다.

풍영의 성명절기인 뇌전신검이 시전 된 것이다.

열 줄기가 넘는 뇌전 다발들이 두 권속의 등을 덮쳤다.

"헉!"

"크악!"

생각지도 못한 공격에 두 권속이 피하지도 못하고 그대
로 직격당했다.

콰콰쾅!

두 권속이 피를 뿌리며 튕겨 나가 바닥에 처박혔다.

고통스러워하는 모습이 제법 심한 부상을 당한 듯했다.

하지만 풍영 역시 무사하지 못했다.

"감히! 나를 두고 한눈을 팔다니!"

권속들에게 신경 쓰는 틈을 노려 염마가 공격해 온 것이다.

염마가 만들어 낸 열 개가 넘는 화염구(火炎球)가 빠른 속도로 풍영을 덮쳤다.

뒤늦게 풍영이 강기 소용돌이를 발현했으나, 서두른 탓에 본래의 위력에 한참 미치지 못했다.

콰아아앙!

"크윽!"

폭음과 함께 풍영이 뒤로 삼장이나 주르륵 밀려 나갔다.

입가에 한줄기 핏물이 흐르고 있는 것이 적지 않은 내상을 입은 것이 분명하리라.

제대로 상대해도 승부를 장담할 수 없는 상황인데, 다른 곳에 힘을 분산시켰으니 당연한 결과였다.

풍영의 사정에는 한 톨의 관심도 없는 염마가 지체하지 않고 다섯 마리 화룡을 날렸다.

"하압!"

이를 악문 풍영이 화룡들을 피하며 검을 휘둘렀다.

검 끝에서 뿜어져 나온 뇌전이 화룡들과 부딪혔다.

콰콰콰쾅!

뇌전이 막지 못한 나머지 화룡들이 아슬아슬하게 풍영의

뒤를 쫓았다.

희끗 희끗 잔영을 남기며 움직이는 풍영의 신법은 염마조차도 감탄할 만큼 놀라웠다.

하지만 풍영도 집요하게 쫓아오는 화룡들을 떨쳐 내지는 못하고 있었다.

"쥐새끼 같은 놈!"

염마가 일그러진 얼굴로 욕지기를 토해 냈다.

계속 이런 식으로 시간을 낭비하게 되면 결국, 서문유향을 놓치게 될 것이기 때문이다.

"흥! 그렇게 나온다면 어디!"

염마가 다섯 마리 화룡을 쏘아 내며 서문유향이 향한 쪽으로 몸을 날렸다.

풍영이 눈살을 찌푸렸다.

자신이 화룡을 피하게 되면 염마를 뒤뜰로 보내 주게 된다.

염마가 서문유향을 쫓는 것을 막으려면 정면으로 부딪힐 수밖에 없는 것이다.

우르르릉!

풍영의 검에서 뇌성이 일며 뇌전 다발이 뻗었다.

쩌저저정!

콰콰쾅!

다섯 화룡과 뇌전 다발이 부딪히며 폭음이 터져 나왔다.

"이놈! 잡았다!"

순간, 어느새 풍영의 코앞까지 도달한 염마가 무려 여덟 개의 화염구를 쏟아 냈다

콰콰콰콰쾅!

풍영이 피를 뿌리며 뒤로 튕겨 나갔다.

급히 검을 휘둘러 막았으나 그 충격을 견뎌 내지 못한 것이다.

"흥, 네놈은 나중에 죽여 주마!"

염마는 휘청거리며 몸을 일으켜 세우는 풍영을 무시한 채 곧장 뒤뜰로 향했다.

"크윽!"

풍영이 억지로 몸을 움직여 염마를 뒤쫓으려는 순간이었 다.

퍼억!

둔탁한 타격음과 함께 그의 신형이 뒤로 튕겨져 나갔다.

풍영이 있던 자리에는 어느새 두 권속이 버티고 서 있었 다.

그들 역시 풍영에게 당한 상처가 위중했으나, 주인을 돕 기 위해 몸으로 막아선 것이다.

그러지 않아도 얕지 않던 풍영의 내상이 이번 타격으로 인해 더욱 심해졌다.

이제는 의식마저 가물거리고 있었다.

부상도 만만치 않은 상황에서 방해까지 받으니 지금으로
서는 풍영이 더 이상 서문유향을 도울 방법이 없었다.

그동안 서문유향이 되도록 멀리 달아났기를 바랄 뿐이었
다.

그때였다.

퍼퍽!

앞을 막아섰던 두 권속의 머리가 수박처럼 터져 버렸
다.

풍영은 희미해지는 의식 속에서 두 권속의 육신이 바닥
으로 무너지는 것을 보았다.

"도대체⋯⋯."

그야말로 기괴한 일이 아닐 수 없었다.

마치 꿈이라도 꾸고 있는 것만 같았다.

하지만 지금은 두 권속의 갑작스런 죽음을 신경 쓸 여유
가 없었다.

서문유향을 노리는 염마를 막는 것이 가장 중요했기 때
문이다.

흐려지는 의식을 붙잡으며 풍영이 무거운 몸을 일으켰
다.

그러나 이미 몸은 그의 통제를 벗어난 상태였다.

휘청대며 걸음을 옮기던 풍영이 결국 의식을 잃고 쓰러
졌다.

운기를 하던 서문광천의 눈가가 일그러졌다.

"혈마……."

마치 신음과도 같이 그의 입술 사이로 혈마의 이름이 새어 나왔다.

이번 정마대전을 통해 혈마와 서문광천과의 우위가 명확히 드러났다.

이미 현경을 넘어 생사경에 들어선 서문광천이었다.

한데도 혈마를 넘지 못했다.

서문광천에게는 일생에 있어 첫 번째로 겪는 좌절이었다.

서문광천에게 있어 패배란 용납할 수 없는 일이다.

그가 콩가루 같은 무벌을 지배하고 유지할 수 있었던 이유는 바로 압도적인 강함.

누구도 감히 덤벼들 엄두조차 내지 못할 절대적인 힘이었다.

그는 전지전능해야 했고, 어떠한 도전도 박살 내야 했다.

하지만 이번 혈마와의 대결로 인해 모든 것이 무너졌다.

그동안 그를 경외시하고 두려워하던 이들이 조금씩 그를

무너뜨리려 할 것이다.

서문광천이 무너지면 무벌도 무너진다.

가문들은 제각각 이익을 쫓아 흩어질 것이다.

"절대로!"

서문광천의 눈에서 신광이 일었다.

무슨 수를 쓰더라도 그것만은 막아야 했다.

자신이 일생을 바쳐 이룩한 모든 것이 모래알처럼 허무하게 흩어지는 것을 그대로 두고 볼 순 없었다.

'공지라면 내가 지금보다 더 강해질 수 있는 술법을 알고 있겠지!'

그가 천하제일인이 될 수 있었던 것도 결국은 공지의 도움 때문이었다.

물론, 젊었을 때 서문광천 역시 제법 이름을 날리던 후기지수였긴 했으나, 그뿐이었다.

공지의 술법으로 인해 그의 무공은 비약적으로 발전했다.

서른도 되지 않아 화경에 이르렀고, 마흔에는 현경을 넘어섰다.

게다가 이제는 강호에서 생사경을 넘어선 유일한 존재가 되었다.

하지만 이것만으로는 혈마를 이길 수 없다.

좀 더 큰 힘이 필요했다.

"벌주!"

그때였다.

막사의 문이 급히 젖혀지며 공지가 달려 들어왔다.

"무슨 일이오?"

평소답지 않은 공지의 행동에 서문광천이 굳은 얼굴로 물었다.

자신이 방해를 받으면 안 되는 상황임을 알면서도 공지가 이리 다급히 움직인 것을 보면 심상치 않은 일이 벌어진 것이 분명했기 때문이다.

"천왕침이 발동했소!"

잠시 무슨 말인가 하여 공지를 바라보던 서문광천의 안색이 딱딱하게 굳었다.

"염마!"

천왕침은 뇌옥에 갇힌 염마를 금제하고 있는 물건이었다.

그것이 발동되었다는 것은 뇌옥에 무슨 일이 생겼다는 이야기다.

만에 하나 염마가 탈출하기라도 했다면 큰일이었다.

"거리에 따라 내가 천왕침의 움직임을 인지하는 시간이 지연됨을 생각하면, 발동한 지 꽤 시간이 지났을 것이오. 서둘러 대책을 마련해야 하오."

공지와 천왕침은 주술로 연결이 되어 있는 상태였다.

때문에 만일 천왕침에 이상이 생기면 공지는 그 사실을 바로 알 수 있다.

단, 거리가 너무 떨어져 있으면 그 시간이 늦어진다.

종남산과 의창의 거리를 생각할 때, 반 시진에서 한 시진 사이의 지연이 있었을 것이 분명했다.

"놈이 탈출하는 것은 불가능하다 말하지 않았소!"

서문광천이 눈썹을 추켜올리며 공지를 노려봤다.

분명 공지가 그토록 장담했었기 때문이다.

"그것은 틀림없소. 아마도 외부 요인이 작용한 것이 분명하오."

공지의 미간에 주름이 잡혔다.

지금의 염마가 천왕침을 파괴하거나 벗어나는 것은 불가능했다.

만일 놈이 어리석게 탈출을 시도했다면 지금쯤 한 줌 재로 변했을 것이다.

염마 역시 천왕침의 위력을 너무도 잘 알고 있기에 자살하려 마음먹지 않는 이상 스스로 탈출을 시도할 가능성은 없었다.

그렇다면 무언가가 천왕침을 발동시켰다는 이야기.

마귀나 요마에게만 반응하는 천왕침의 특성을 고려해 보면 그 무언가가 마귀나 요마일 확률이 높았다.

'대체 어떤 자가?'

염마가 뇌옥에 있다는 사실을 아는 것은 오로지 서문광천과 공지뿐이다.

"혹시 권속 놈들이 주인을 구하러 움직인 게 아니오?"

서문광천의 이야기에 공지가 고개를 저었다.

"절대 그럴 리가 없소! 놈들은 금제에 걸려 있어서 뇌옥에 들어서면 죽게 되오!"

염마의 권속들에게 걸려 있는 금제는 특수한 고(蠱)였다.

일반 고들은 인간의 뇌나 육신에 작용을 하는 반면 놈들의 머리에 들어 있는 고는 특별한 주술을 통해 권속들에게 작용하도록 만든 것이다.

이 고들은 뇌옥에 새겨진 주문들과 반응하도록 되어 있어서 놈들이 염마를 구하려 뇌옥에 들어갔다면 머리가 터져서 죽었을 것이다.

그러니 이번 사건이 놈들의 소행일 수는 없는 것이다.

"혹시 모르니 일단 권속 놈들을 처리해야겠소."

공지가 품 안에서 손바닥 크기의 작은 목곽을 꺼내 열었다.

놀랍게도 그곳에는 한 마리 자그마한 벌레가 들어 있었다.

이것은 권속들의 머리속에 들어 있는 고와 연결된 자고

(雌蠱)였다.

자고를 죽여 권속들을 없애려는 것이다.

자고를 죽이게 되면 자고와 연결된 고들도 모조리 죽게 되는데, 이때 고에 감염된 자 역시 머리가 터져 죽게 된다.

공지는 지체하지 않고 벌레를 꺼내 손으로 터뜨려 버렸다.

자고가 터져 나가는 모습에 살짝 인상을 찌푸린 서문광천은 고민에 빠졌다.

무슨 일이 벌어진 것인지 정확히 파악할 수 없는 상태인지라 대책을 세우기가 난해했다.

일단은 현 상황을 파악하는 것이 중요했다.

지금으로서는 가능성이 두 가지.

천왕침이 반응한 것으로 보아 침입자는 마귀일 것이 분명했다.

그렇다면 제갈세가에 있는 혼마라는 마귀가 움직였든지, 아니면 그들이 인지하지 못하는 또 다른 마귀들이 뇌옥에 침입한 것이다.

혼마는 진마였다.

진마가 직접 움직였다면 현재 의창에는 놈을 막아 낼 수단이 전무하다 해도 틀림없었다.

만일을 대비해 공지가 여러 안배를 해 두기는 했으나, 상당한 피해를 감수해야 할 것이다.

침입자가 그들이 모르는 마귀일 경우는 그나마 다행이라 할 수 있다.

진마가 아니라면 서문오로나 풍영이 충분히 상대할 수 있을 것이기 때문이다.

문제는 만일 이로 인해 염마가 탈출했을 경우였다.

그렇게 되면 의창에는 진마가 둘이나 존재하게 된다.

놈들이 설치고 다닌다면 의창은 순식간에 지옥도로 변하게 될 것이다.

서문광천은 자신의 어리석음을 후회했다.

어이없게도 염마의 탈출을 막는 것만 생각했지 외부에서 놈을 탈출시킬 것이라고는 생각지도 못했다.

'누가 감히 무벌 가장 심처에 있는 뇌옥에 침입할 수 있단 말인가.' 라고 안심하고 있었던 것이다.

그답지 않게 너무 안일하게 생각했다.

그동안의 성공과 거칠 것 없었던 행보가 서문광천 마음 한구석에 자만심을 키웠던 것이 분명했다.

하지만 지금 상황에서 후회는 아무런 의미가 없었다.

당장에 벌어진 사태를 해결할 방법을 찾아야 했다.

"일단 그대가 먼저 서둘러 의창으로 가 주시오. 무벌의 병력을 추슬러 나도 곧 뒤따르겠소!"

마음 같아서는 당장 의창으로 달려가고 싶었으나, 그는

연합 병력의 수장.

함부로 몸을 움직일 수 없는 것이다.

최선은 무벌의 각 가문에게 이 사실을 알리고 병력을 되돌리는 것이다.

사실을 알게 된다면 어차피 다른 가문들도 식솔들의 안위를 걱정해 모두 의창으로 돌아가려 할 것이다.

서문광천은 그때 움직일 수밖에 없었다.

"알겠소."

시간이 촉박한 만큼 공지는 별다른 말없이 곧장 의창으로 향했다.

서문광천의 미간에 주름이 생겼다.

공지가 서둘러 움직인다 해도 의창까지는 족히 며칠은 걸릴 거리였다.

그때쯤이면 이미 의창은 아수라장이 되어 있을 것이다.

지금으로서는 만일을 대비해 준비한 안가들이 부디 제 역할을 하기만 바랄 수밖에 없었다.

☯

갑갑한 막사를 벗어나 진영 밖을 산책하던 담천의 허리에서 빛이 새어 나왔다.

'응? 천혜린?'

천혜린과의 연락 수단인 노리개였다.

담천이 노리개를 손에 잡고 암혼기를 불어넣었다.

─큰일이에요!

순간 천혜린의 다급한 목소리가 들려왔다.

"무슨 일이지?"

평소답지 않은 천혜린의 목소리에 담천은 무언가 심상치 않은 일이 벌어졌음을 짐작했다.

아마도 자신과 관계된 일일 것이다.

'가문에 무슨 일이 벌어졌나? 아니면…….'

담천은 불안한 마음으로 천혜린의 목소리를 기다렸다.

─서문 소저가 위험해요!

"뭐라고!"

담천이 눈을 부릅떴다.

서문유향이 위험하다니, 담천으로서는 전혀 예상치도 못했던 일이었다.

─그녀 곁에 심어 둔 시종에게서 연락이 왔어요. 지금 강력한 적에게 쫓기고 있는 상황이에요.

"그녀는 무사한가!"

담천이 흥분된 목소리로 물었다.

서문유향은 그가 세상에 남겨 둔 유일한 미련이었다.

그녀 외에는 이 세상이 멸망한다 해도 그다지 서운하지 않을 담천이었다.

게다가 그녀는 담천의 혼이 담긴 그릇이었다.

그녀가 죽게 되면 담천도 소멸한다.

물론 복수도 물 건너 가게 된다.

담천에겐 그 무엇보다도 중요한 상황인 것이다.

─명혼경을 통해 확인해 본 결과 아직까지는 무사해요.

아직까지라는 말이 담천의 가슴에 비수처럼 꽂혔다.

"대체 누가 그녀를 노리는 거지?"

잠시 말을 멈췄던 천혜린이 조심스럽게 입을 열었다.

─놈의 정체는 아마도 진마일 것이라 생각돼요.

명륜경으로 살펴본 결과 염마의 능력이 마귀라기엔 너무도 강력했기 때문이다.

담천의 머릿속이 새하얗게 변했다.

그녀를 쫓는 존재가 다름 아닌 진마라면 잡히는 것은 시간문제였다.

"젠장! 천혜린 당신이 도와줄 방법은 없나? 아니! 반드시 도와야 해!"

담천이 지금 당장 달려간다 해도 며칠은 걸리는 거리였다.

그때는 이미 서문유향이 놈에게 잡히거나 목숨을 잃은 뒤일 것이다.

그렇다면, 지금 믿을 것은 천혜린밖에 없었다.

—지금 그녀에게로 가고 있는 중이에요. 하지만 저로서는 그녀의 피신을 돕는 것밖에는 별다른 수가 없어요. 그녀를 살리기 위해서는 당신이 빨리 합류해야 해요.

담천이 그것을 모를 리가 없었다.

하지만 어떻게 지금 그곳으로 간단 말인가.

"지금 바로 출발할 테니, 내가 도착할 때까지 어떻게든 버텨 줘!"

일단 천혜린이 서문유향과 도망치는 동안 최대한 서두르는 수밖에 없었다.

하지만 과연 그들이 담천이 도착할 때까지 버틸 수 있을지는 미지수.

마음이 급한 담천이 당장 의창으로 달려가기 위해 막 천혜린과의 연결을 끊으려는 순간이었다.

—무슨 소리예요! 지금 여기까지 달려오겠다는 건가요? 지금은 그럴 시간이 없어요!

천혜린이 무슨 말을 하는 것인지 이해하지 못한 담천이 미간을 찌푸렸다.

당장 의창으로 달려가지 않으면 무슨 다른 방법이라도 있다는 것인가.

—생각을 하세요! 당신이 죽게 되면 어디에서 부활하죠?

천혜린의 다급한 목소리에 담천이 뒤통수를 얻어맞은 듯 충격에 빠졌다.

'그 방법이 있었군!'

불사의 육신을 잊고 있었다.

그가 죽으면 천혜린의 방에서 부활하게 된다.

천혜린의 장원은 무벌에서 멀지 않은 곳에 위치해 있었다.

당장에 서문유향을 구하러 달려갈 수 있는 것이다.

마치 순식간에 의창으로 이동하는 것과 마찬가지 결과였다.

'하지만 다시 죽음을 맞는다면 유향에게 어떤 일이 벌어질 지 알 수 없는데…….'

그간 자신이 죽었을 때 서문유향에게 그 충격이 전해졌던 것을 기억해 낸 담천이 즉시 답을 하지 못했다.

―뭘 그리 망설이는 거예요! 당신 죽음의 여파가 아무리 크다 해도 그녀의 목숨을 빼앗지는 못해요! 당장에 그녀의 목숨이 풍전등화에 처해 있음을 모르는 건가요!

담천의 생각을 눈치챈 천혜린이 답답하다는 듯 소리쳤다.

담천이 이를 악물었다.

그녀의 말이 백 번 옳았다.

―지금 죽게 되면 그녀가 도주 중 쓰러지게 될 수도 있으니, 제가 신호를 보내면 그때 목숨을 끊도록 하세요.

달아나다 갑자기 쓰러지게 되면 염마에게 무방비 상태로 잡히게 될 수도 있었다.

최소한 천혜린과 합류해서 어느 정도 안전을 확보한 다음 쓰러져야 했다.

　"좋아! 그동안 나도 준비를 하도록 하지."

　담천이 천혜린과의 연락을 끊은 후 급히 막사로 향했다.

　자신이 갑자기 사라질 경우 문제가 될 수 있었다.

　최소한 담일중과 혜륜들에게는 미리 알릴 필요가 있었다.

　물론 사실대로 이야기할 수는 없으니 적당히 둘러댈 변명거리를 찾아야 했다.

☯

　한편, 호위대와 함께 비밀 통로로 들어선 서문유향은 걱정스러운 얼굴로 걸음을 옮기고 있었다.

　풍영의 안위가 걱정됐기 때문이다.

　어렸을 때부터 항상 자신의 옆을 지켜 준 그였다.

　오랜 시간 많은 보살핌과 도움을 받기만 하고 자신은 그에게 아무것도 해 준 것이 없었다.

　어찌 보면 아버지인 서문광천보다 더욱 가깝고 고마운 존재가 풍영인 것이다.

　"풍 대협을 위해서도 어서 움직이셔야 합니다."

　호위대 조장 지창복의 말에 서문유향이 걸음을 서둘렀다.

자신이 안전함을 확인해야 풍영도 무리하지 않고 몸을 피할 것이다.

"일단, 비밀 통로의 출구는 장강 포구 근처 염리목이라는 곳으로 이어져 있습니다. 나가게 되면 거기서 가장 가까운 안가(安家)로 피신할 것입니다."

의창 곳곳에는 만일의 사태를 대비해 공지가 안배해 놓은 안가가 네 채가 있었다.

지금처럼 서문세가가 강적에게 습격을 받았을 경우 식솔들이 안전하게 몸을 숨길 수 있는 곳이었다.

쾅아아앙!

그때 뒤쪽에서 폭음이 들려왔다.

"이런! 아무래도 놈이 비밀 통로 입구를 발견한 모양입니다!"

비밀 통로는 뒤뜰에 있는 연못 아래에 숨겨져 있었다.

연못가에 있는 노송(老松)의 가지를 돌리면 물이 빠지면서 입구가 열리게 된다.

한데 아마도 놈이 힘으로 기관을 부순 모양이었다.

출구까지는 아직 상당한 거리가 남아 있는 상황이었다.

여기저기 적을 지연시키기 위한 기관들이 설치되어 있긴 했으나, 지금까지 본 염마의 능력이라면 아무런 장애도 되지 않을 것이 분명했다.

"너희 둘은 남아서 시간을 끌도록 해라!"

지창복이 어두운 얼굴로 두 수하에게 명했다.

지금 그는 수하들에게 죽으라 명한 것이다.

"존명!"

두 수하가 일말의 망설임도 없이 등을 돌려 석상처럼 버티고 섰다.

그들은 목숨을 잃지 않는 한 그 누구도 이곳을 통과할 수 없도록 막을 것이다.

잠시 쓸쓸한 얼굴로 그들의 뒷모습을 보던 지창복이 고개를 돌렸다.

서문유향은 똑똑한 여인이었다.

여기서 자신이 억지를 부릴 수 없음을 너무도 잘 알고 있기에 묵묵히 지창복과 함께 출구를 향해 걸음을 옮겼다.

나머지 호위대라도 살리려면 자신이 최대한 빨리 움직여야 했기 때문이다.

지창복과 함께 남은 호위대원의 눈가에 물기가 어렸다.

그동안 가족과도 같았던 동료들의 죽음 앞에 가슴이 복받쳐 오르는 것을 참지 못했기 때문이다.

멀리 들려오는 비명 소리를 애써 무시한 채 세 사람은 묵묵히 출구로 빠져나왔다.

출구를 빠져나온 지창복과 호위대원이 급히 자세를 잡고

검을 들어 올렸다.

"누구냐!"

출구 앞에 한 무리의 인마(人馬)가 보였던 것이다.

한 명의 여인과 일곱 명의 중년 무사들이었는데, 여인을 제외하곤 그 기세가 하나하나 만만치 않은 고수들이었다.

만일 저들이 적이라면 그야말로 암담한 상황이었다.

그때였다.

"서문 소저 아니신가요? 대체 어찌 되신 일입니까?"

여인이 놀란 목소리로 일행에게 물었다.

어느새 천혜린이 서문유향을 찾아낸 것이다.

◐

담일중을 만나 몸이 좋지 않아 세가로 돌아가겠다고 둘러댄 담천은 해륜을 따로 불러냈다.

사실 전시 상황에서 갑자기 군영을 떠나는 것은 용납되기 어려운 일이었다.

하지만 혈마가 꼬리를 말고 도망친 뒤라 전황 자체가 연합 측에 유리하기도 했고, 담천은 주화입마를 겪은 지 얼마 되지 않은 특수한 경우였기에 비교적 쉽게 허락을 받을 수 있었다.

오히려 그간 담천을 걱정하던 담일중인지라 잘 생각했다고 등을 떠밀 정도였다.

밖으로 불려 나온 해륜이 불안한 표정으로 담천이 입을 열기를 기다렸다.

갑작스레 세가로 돌아간다는 것도 그렇고, 잔뜩 굳어 있는 담천의 표정이 무언가 심상치 않은 문제가 발생했음을 짐작케 했기 때문이다.

잠시 생각에 잠겨 있던 담천이 입을 열었다.

"지금 의창에 진마가 나타났다."

담천의 말에 해륜의 눈이 터질 듯 커졌다.

"진마가 나타나다니……."

혈마의 신위를 지켜본 해륜이기에 진마가 얼마나 무서운 존재인지 너무도 잘 알고 있었던 것이다.

만일 담천의 말이 사실이라면 의창은 피바다가 될 것이다.

"그럼 어서 돌아가야 하지 않겠습니까!"

"일단 나 먼저 돌아갈 것이니, 일행에게도 그렇게 전하도록. 이미 숙부님께는 몸이 좋지 않아 세가로 돌아가겠다 말씀을 드린 상황이니 그대도 그렇게 이야기하고."

담천의 말에 해륜이 펄쩍 뛰었다.

"저도 함께 가겠습니다. 아니, 원무 스님과 사형도 함께 가야 합니다! 진마가 어떤 존재인지 담 공자도 잘 알지 않습니까?"

"그대들과 함께 가면 너무 늦어!"

"어차피 담 공자가 서두른다 해도 며칠은 걸릴 일입니다! 당장에 놈을 막을 수 없다면 철저히 준비해서 가는 편이 낫습니다!"

본래라면 해륜의 말이 맞았다.

하지만 담천에게는 당장에 의창으로 향할 방법이 있었다.

"나는 지금 당장 의창에 도착할 수 있는 방법이 있다. 일단 내가 가서 놈을 막고, 식구들을 피신시킬 테니 그대들은 최대한 서둘러 오도록 해."

해륜의 눈동자가 흔들렸다.

담천의 표정을 보아 거짓을 말하는 것이 아님을 느꼈기 때문이다.

일전에 죽었다가 살아난 것도 그렇고, 짧은 시일에 무공이 기하급수적으로 발전한 것도 그렇고, 그동안 담천이 보여 준 신기한 능력들을 볼 때 아마도 그의 말이 사실일 것이다.

해륜은 착잡한 마음이 드는 것을 느꼈다.

아직 담천에 대해 모르는 것이 너무도 많았다.

"알겠습니다. 최대한 서둘러 의창으로 향하겠습니다."

담천은 고개를 끄덕이고 막사를 나와 한적한 곳으로 향

했다.

천혜린에게서 연락이 온 상태였다.

이제 죽을 때가 된 것이다.

담천은 천령검을 들어 자신의 심장에 박아 넣었다.

2장

염마의 죽음

"크흑!"

온몸에 극심한 고통이 일었다.

흐릿하게 맺히던 사물들이 점점 제 모양을 찾아갔다.

방 한쪽에 놓인 명륜경이 보였다.

스스로 목숨을 끊은 담천이 천혜린의 방에서 부활한 것
이다.

머릿속이 복잡했다.

천혜린을 쫓고 있는 진마는 대체 어디서 나타난 것인가.

'제갈세가 사건을 일으킨 놈이 움직인 것인가?'

그럴 가능성도 있었다.

서문광천과 고수들이 떠나자 마음 놓고 모습을 드러낸

것일 수도 있으리라.

하지만 왜 하필 서문유향을 쫓는단 말인가?

의문점들이 너무도 많았다.

하지만 지금은 그런 것들에 신경 쓸 여유가 없었다.

일단은 서문유향을 구하는 것이 먼저인 것이다.

'시간이 없다!'

담천은 아직 현실에 적응이 안 된 몸을 억지로 일으켜 천혜린의 방을 나섰다.

"오셨습니까."

문밖에는 일전에 본 천혜린의 아버지—물론, 가짜일 것이다—가 기다리고 있었다.

"천단주님께서는 서문 소저를 도우러 먼저 움직이셨습니다. 담 공자께서 벌써 의창에 왔다는 것이 알려지면 나중에 문제가 될 수도 있으니, 일단은 정체를 숨긴 채 움직이셔야 합니다."

사내가 흑의와 복면, 그리고 죽립을 건넸다.

아마도 천혜린이 미리 준비해 놓은 듯했다.

만일 담천이 벌써 의창에 도착했다는 것이 알려지면, 서문광천이나 다른 이들의 의심을 사게 될 것이 분명했기 때문이다.

담천은 즉시 옷을 갈아입고 천씨상단을 빠져나왔다.

최대한 암혼기를 끌어 올리자 담천의 신형이 빛살처럼

빠르게 움직였다.

암혼기가 삼 단계를 넘어선 때문인지 몸이 깃털처럼 가벼웠다.

그만큼 움직이는 속도도 전보다 몇 배는 빨라져 있었다.

담천은 일단 천혜린의 위치를 확인하기 위해 노리개에 암혼기를 불어넣었다.

"지금 어디지?"

─염리목으로 향하는 길이에요! 놈이 바짝 뒤쫓고 있으니 서두르세요!

염리목이라면 그리 멀지 않은 곳이다.

순간 담천의 신형이 긴 잔상을 남기며 사라졌다.

◐

"무슨 일이신지 모르지만 상황이 위급해 보이니 저희가 돕겠습니다."

천혜린이 자신을 경계하는 서문유향 일행을 향해 말했다.

물론, 천혜린은 명륜경을 통해 모든 정황을 이미 파악하고 있었으나, 서문유향에게 그 사실을 이야기할 수는 없었다.

자신들을 돕겠다는 천혜린 일행을 보며 지창복이 갈등

어린 얼굴로 망설였다.

그의 시선은 천혜린 일행이 가지고 있는 말을 향하고 있었다.

말을 타고 움직인다면 분명 안가까지 가는 시간을 단축할 수 있을 것이다.

하지만 천혜린과 일행의 정체가 불분명한 상태에서 함부로 서문유향의 목숨을 맡길 수는 없었다.

"서문 소저, 정무지회 때 인사드린 것을 기억하시는지요? 담씨세가의 정혼녀인 천혜린입니다. 안심하시고 따르시지요!"

"아!"

그제야 천혜린을 기억해 낸 서문유향이 탄성을 터뜨렸다.

담천과 함께 보았던 것을 기억해 낸 것이다.

"한데, 어떻게?"

"일단 말에 오르세요! 자세한 이야기는 가면서 나누기로 하지요!"

그제야 자신의 다급한 상황을 인식한 서문유향이 몸을 움직였다.

"아가씨!"

"괜찮아요. 담씨세가 분들이에요."

놀라 소리치는 지창복을 안심시킨 서문유향이 천혜린에

게 다가갔다.

담씨세가라는 말에 지창복이 경계를 누그러뜨렸다.

"지금 정체를 알 수 없는 강적에게 쫓기고 있는 상황입니다. 최대한 빨리 이곳을 벗어나야 합니다!"

"가실 곳이 없다면 담씨세가로 가시지요."

"아닙니다. 여기서 삼백 장쯤 떨어진 곳에 안가가 있습니다. 그곳까지만 가면 안전할 것이니 제가 앞장서겠습니다."

지창복이 앞장서서 안가로 말을 몰았다.

"저들은 왜 함께 가지 않나요?"

천혜린과 함께 온 일곱 무사가 말을 타지 않고 남아 있자 서문유향이 불안한 표정으로 물었다.

"저들은 적을 막을 거예요. 모두 출중한 무사들이니 너무 걱정 마세요."

천혜린의 말에 서문유향의 눈동자가 흔들렸다.

염마의 신위를 직접 목격한 그녀였다.

일곱 무사도 호위대처럼 죽게 될 것이 분명했다.

"저들로서는 무리예요. 우리를 쫓는 존재는 마귀예요."

걱정스러운 눈으로 서문유향이 말했다.

"저들은 특수한 합격진을 익힌 이들입니다. 결코 호락호락하게 당하진 않을 테니, 서문 소저께서는 일단 자신의 안위부터 생각하세요."

천혜린의 완고한 태도에 서문유향은 더 이상 말을 잇지 못했다.

이 이상 더 말린다면 천씨상단과 일곱 무사들을 무시하는 처사이기 때문이다.

무거운 죄책감이 서문유향의 심장을 내리눌렀다.

자신 하나 때문에 도대체 몇 명이 다치고, 목숨을 잃어야 한단 말인가.

하지만 서문유향으로서는 지금 그들을 위해 할 수 있는 일이 아무것도 없었다.

그저 짐이 되지 않도록 최대한 빨리 도망치는 것이 오히려 그들을 도와주는 길이리라.

일행은 일곱 무사를 남겨 둔 채 안가를 향해 전속력으로 말을 달렸다.

"아악!"

그때 갑자기 서문유향이 휘청이며 말 위에서 쓰러졌다.

담천이 의창에서 부활하기 위해 자신의 목숨을 끊은 것이다.

"엇, 아가씨!"

놀란 지창복이 비명을 질렀다.

하지만 어느새 천혜린이 말에서 떨어지던 서문유향을 부축하고 있었다.

이미 그녀는 담천이 죽을 것을 알고 있었기 때문이다.

"서문 소저는 잠시 기절한 것뿐이니 괜찮아요! 어서 서
두르세요!"

잠시 멈춰서 기절한 서문유향을 자신의 말로 옮겨 태운
천혜린이 불안한 눈으로 바라보는 지창복을 재촉했다.

뒤에 남은 일곱 무사가 모두 절정을 넘어선 고수인 것은
사실이나, 진마에겐 그야말로 간식거리 밖에 안 됐다.

"흥! 겨우 여기까지 왔느냐!"

아니나 다를까 어느새 쫓아온 염마가 점점 다가오고 있
었다.

"여긴 제가 막을 테니 서문 소저를 데리고 먼저 가십시
오!"

지창복이 이를 악문 채 말을 돌렸다.

여유가 없는 천혜린 역시 뒤도 돌아보지 않고 전속력으
로 말을 달렸다.

"이곳을 지나려거든 나를 죽이고 가라!"

지창복이 결연한 얼굴로 검을 들어 올렸다.

화아아악!

염마는 가소롭다는 듯 코웃음을 치고는 화룡을 쏘아 냈
다.

풍영조차 제대로 막아 내지 못한 화룡을 이제 절정 말에
들어선 지창복이 막을 수 있을 리 없었다.

콰아앙!

"크아악!"

결국 지창복은 염마의 추격 속도를 그다지 늦추지 못한 채 화염에 휩싸였다.

"쥐새끼 같은 계집! 드디어 잡았구나! 날 고생시켰으니 편하게 죽을 생각일랑 마라!"

막 염마가 서문유향과 천혜린이 탄 말을 덮치려는 순간이었다.

쉬아아악!

날카로운 파공성과 함께 정체를 알 수 없는 강력한 기운이 염마의 심장을 노리고 쏜살같이 날아왔다.

"헛!"

놀란 염마가 다급히 신형을 틀었다.

파슛!

기운이 염마의 옆구리를 아슬아슬하게 스치고 지나갔다.

"웬 놈이냐!"

갑작스러운 기습에 분노한 염마가 공격이 날아온 방향으로 고개를 돌렸다.

"다행히 제때에 도착했군!"

그곳에는 이제 막 도착한 담천이 살기 어린 눈빛으로 염마를 노려보고 있었다.

☯

서문세가에 도착한 제갈영만—혼마—는 눈살을 찌푸렸다.

어느새 염마가 사라지고 없었던 것이다.

"얘야! 여기는 위험하니 어서 안전한 곳으로 피하거라!"

그때 무사 하나가 혼마를 발견하고는 달려왔다.

서문세가 곳곳이 불길에 휩싸여 있는 상태였다.

한데 그 한가운데 갑자기 아이가 나타났으니 당연한 일이었다.

"어디로 갔을까?"

혼마가 아무런 감정도 담기지 않은 건조한 목소리로 무사에게 물었다.

순간 무언가 섬뜩함을 느낀 무사가 멈칫 했다.

마치 얼음덩이가 옷 속을 훑고 지나간 듯한 느낌이었다.

"무, 무슨 소리냐?"

자신의 실책을 깨달은 무사가 당황한 얼굴로 되물었다.

여러모로 이상한 아이였다.

불길 속에 있으면서도 전혀 겁을 내지 않고 있는 것도 이상했고, 전혀 표정이 담기지 않은 얼굴 역시 인간이라기보단 목각인형의 그것과 같았다.

"녀석은 어디로 갔지?"

혼마가 무사의 반응에 아랑곳하지 않고 다시 한 번 물었다.

순간 무사의 눈동자가 흐릿해졌다.

무사는 입을 벌린 채로 얼이 빠진 듯 허공을 응시하고 있었다.

동시에 혼마의 몸이 서서히 허공으로 떠올랐다.

무사와 시선을 마주할 때까지 떠오른 혼마가 움직임을 멈추고는 천천히 검지손가락을 무사의 미간에 가져다 댔다.

지이잉!

동시에 공기 중에 작은 파문이 퍼져 나갔다.

무사의 미간으로부터 희미한 빛줄기가 실처럼 뽑아져 나와 혼마의 손가락으로 빨려 들어갔다.

"쓸모가 없구나……."

제혼술을 시도해 무사의 머릿속을 뒤져 봤으나 아무런 정보도 얻을 수 없었기 때문이다

시큰둥한 얼굴로 혼마가 손가락을 떼어 내자 무사의 육신이 그대로 허물어졌다.

혼마의 제혼술은 대상자의 혼을 통째로 뽑아내서 그 기억과 모든 것을 알아내는 무서운 술법이었던 것이다.

"흥! 그럼 직접 알아보는 수밖에."

혼마의 신형이 연기처럼 흩어져 서서히 땅속으로 스며들었다.

그때였다.

"어라? 이건 또 뭐하는 물건이야? 또 다른 마귀 놈이 있었네?"

독특한 외모의 청년 하나가 연기로 변한 혼마 앞에 갑자기 나타났다.

머리카락, 눈, 눈썹까지 모두 푸른색의 청년은 다름 아닌 장강 이무기 망원이었다.

후우우웅!

흩어지던 혼마가 다시 형상을 이루며 뭉쳤다.

"아저씨는 누구세요?"

혼마가 마치 아이와 같이 천진한 얼굴로 망원에게 물었다.

그러자 망원의 얼굴에 조소가 어렸다.

"흥! 껍데기를 뒤집어썼다고 같잖게 흉내질이냐? 마귀 새끼들과 놀아 줄 마음은 없으니 잔말 말고 덤비거라!"

구우우우웅!

망원의 몸에서 강력한 기운이 솟구쳐 올랐다.

혼마의 눈동자가 마치 뱀의 그것처럼 세로로 좁아졌다.

"요마로구나? 킥킥킥. 겨우 요마 따위가 진마인 나와 겨루어 보겠단 말이냐?"

혼마가 하얀 이빨을 드러내며 키득거렸다.

"흥! 마신과 맞서고도 살아남은 나다! 진마 따위를 두려워할 성 싶으냐!"

호통과 함께 망원이 어느새 꺼내 든 녹색 채찍을 휘둘렀다.

촤아악!

천이 찢기는 듯한 파공성이 울리며 채찍이 길게 늘어나 혼마를 향해 쏘아졌다.

갈 지(之)자를 그리며 날아간 채찍이 막 혼마의 몸에 작렬하려는 순간이었다.

"킥킥킥!"

스르륵!

기분 나쁜 웃음소리와 함께 갑자기 혼마의 신형이 핏빛 안개로 변해 사라져 버렸다.

콰아아앙!

망원의 채찍이 목표를 잃은 채 혼마가 서 있던 바닥을 때리며 폭음을 터뜨렸다.

"웬 놈이냐!"

"정체를 밝혀라!"

갑작스런 굉음을 듣고 서문세가의 무사들이 몰려왔다.

"요, 요마!"

혼마와 망원의 기괴한 모습을 확인한 무사들이 기겁을 하고는 무기를 겨눴다.

그러지 않아도 염마에 의해 서문세가가 초토화된 상황.

한데 염마와 같은 존재가 둘이나 더 있다니.

그들로서는 절망을 느낄 수밖에 없었다.

하지만 그렇다고 도망칠 수도 없는 상황이었기에 엉거주춤한 자세로 이러지도 저러지도 못하고 있었다.

무사들의 등장에도 불구하고 혼마와 망원은 서로를 견제하는 데만 집중했다.

둘 다 상대가 만만치 않음을 알고 있었다.

고작 인간 따위에게 한 눈을 팔 여유가 없는 것이다.

[킥킥킥!]

혼마의 웃음소리가 빈 허공을 맴돌았다.

모였다 흩어지기를 반복하는 핏빛 안개의 중심에 한 쌍의 혈광이 번뜩였다.

"흥!"

코웃음을 친 망원이 얼핏 보기에도 예사롭지 않은 기운이 맺힌 녹편을 핏빛 안개를 향해 쳐 냈다.

촤촤촤!

망원의 채찍이 연달아 핏빛 안개를 때리며 공기가 터져 나갔다.

파파파팡!

하지만 마치 빈 허공을 치는 듯 아무런 느낌도 없었다.

실체가 없는 기의 덩어리 같은 존재인 혼마에게 망원의 공격이 통하지 않았던 것이다.

[어디 이무기의 육신은 어떤지 먹어 볼까?]

순간, 핏빛 안개가 확 하고 퍼지더니 망원을 덮쳤다.

눈썹을 추켜올린 망원이 채찍을 휘둘러 허공에 원을 그렸다.

길이가 삼장이 넘는 녹편이 망원을 감싸며 녹광을 뿜어냈다.

카카카카카캉!

핏빛 안개와 채찍에서 뿜어져 나온 녹광이 충돌하며 마치 쇠가 갈리는 듯한 굉음이 터져 나왔다.

[흐흐흐…… 과연 큰소리칠 만하구나.]

망원의 실력이 만만치 않자 혼마가 탄성을 터뜨렸다.

[하지만 언제까지 버틸 수 있을까?]

핏빛 안개가 쉬지 않고 채찍으로 만든 녹색 막을 두드리며 마치 검과 검이 부딪히듯 불꽃이 일었다.

망원이 눈살을 찌푸렸다.

혼마의 실체가 명확하지 않다 보니 망원이 놈에게 직접 타격을 주기가 쉽지 않았다.

혼마는 마음대로 공격하는 반면 망원은 막아 내는 것 외에 딱히 방법이 없었던 것이다.

하지만 녹색 막이 점점 엷어지고 있었다.

이 상태로 지속된다면 결국 핏빛 안개에 뚫리고 말 것이 자명했다.

다른 방법을 강구해야 했다.

망원의 푸른 눈썹이 추켜 올라갔다.

"흥! 실체가 없다 해도 혼백은 있을 터! 어디 혈뇌(血雷)에도 끄떡없는지 두고 보자!"

망원의 녹색 눈동자에서 이번에는 특이하게 붉은색 광채가 일었다.

쩌르릉!

순간 망원을 감싸며 원을 그리던 채찍으로 부터 핏빛 뇌전 다발이 쏘아져 나왔다.

콰르르릉!

핏빛 뇌전 다발이 핏빛 안개를 강타했다.

동시에 연기가 흐릿해지는가 싶더니 혼마의 신음 소리가 들려왔다.

[크으으……]

핏빛 안개가 넓게 흩어져 물러서더니 하나로 뭉쳐졌다.

마치 사람 모양으로 뭉쳐진 핏빛 안개 한 가운데 두 개의 혈광이 망원을 노려봤다.

키이이이이!

마치 쇠가 갈리는 듯한 굉음이 울리며 혈광이 짙어졌다.

[감히……! 요마 따위가!]

이전의 여유롭던 목소리와는 달리 잔뜩 독이 오른 혼마가 날카롭게 소리쳤다.

망원의 실력이 그가 생각했던 것보다 훨씬 뛰어났기 때

문이다.

한낱 요마가 어떻게 진마와 대등하게 맞설 수 있단 말인가.

[흥! 네놈의 정체가 무엇인지 모르겠으나 그래 봐야 결국 요마일 뿐! 진정한 진마의 힘을 보여 주마! 키키키키!]

혼마의 괴소가 허공을 울리며 핏빛 안개가 소용돌이치기 시작했다.

쿠르르르릉!

순식간에 주변이 어두워지며 핏빛 안개가 마치 태풍처럼 거대한 회오리를 만들었다.

쉬이이이익!

핏빛 안개의 회오리가 칼날처럼 주변을 할퀴고 지나갔다.

파지직!

콰득!

건물과 나무들 바닥에 깔린 대리석들이 조각조각 부서져 날렸다.

사방에 가득하던 불길마저 회오리에 휩쓸려 힘을 잃고 사그라졌다.

주변을 둘러쌌던 서문세가의 무사들에게도 그 여파가 미쳤다.

"피, 피해라!"

"크악!"

뒤늦게 도망치려 했으나, 그때는 이미 핏빛 안개가 그들을 덮치고 있었다.

수십 명의 무사들이 순식간에 조각조각 찢겨져 육편이 되어 흩어졌다.

혼마의 기세가 심상치 않자 망원도 감히 경시하지 못하고 온몸의 기운을 잔뜩 끌어 올렸다.

진마는 망원도 여유를 두고 상대할 수 있는 존재가 아니었다.

콰콰콰콰!

핏빛 안개의 폭풍이 점점 강력해지더니 망원을 삼켜 버렸다.

순간 망원의 전신에서 녹색 광채가 그물처럼 일어났다.

번쩍!

콰아아아앙!

녹색 광채의 그물과 핏빛 안개 폭풍이 충돌하며 강력한 폭발이 일었다.

☯

아슬아슬하게 담천이 염마를 막아서자 천혜린이 안도의 한숨을 내쉬었다.

이전 같으면 칠흑 같은 암혼기가 담천의 온몸을 덮었을 텐데 아무런 표시도 나지 않는 것을 보니 세 번째 단계를 넘은 것이 분명했다.

그렇다면 염마를 상대할 수 있으리라 희망을 걸어 볼 수 있는 것이다.

암혼기를 마치 화살처럼 쏘아 내 염마의 움직임을 막은 담천이 걱정스러운 눈으로 말 위에 쓰러진 서문유향을 바라봤다.

일단 겉으로 보기에는 큰 이상이 없는 듯했다.

간신히 한숨을 돌린 담천이 염마를 노려봤다.

상대는 진마.

과연 자신이 진마를 쓰러뜨릴 수 있을지 확신이 들지 않았다.

하지만 지금은 이것저것 따질 여유가 없었다.

여기서 자신이 패하게 되면 서문유향은 죽을 것이고, 자신 역시 혼백이 소멸할 것이다.

무슨 일이 있든 반드시 놈을 없애야 했다.

어차피 물러설 수 없는 상황이었다.

담천은 마음을 단단히 먹고 암혼기를 끌어 올렸다.

우우우웅!

전에는 느낄 수 없었던 강력한 힘이 마치 샘처럼 끊임없이 솟아올랐다.

몸 안의 근육 하나하나가 기운에 반응해 탄력 있게 꿈틀 댔다.

'그래! 어디 한 번 붙어 보자!'

담천은 마음을 단단히 하며 스스로를 독려했다.

한편, 염마의 얼굴에는 분노와 당혹스러움이 혼재하고 있었다.

막 서문유향을 잡으려는 찰라 방해를 받은 데다가, 자신을 막아선 담천이 결코 만만한 상대가 아님을 느꼈기 때문이다.

상대가 쏘아 낸 기운에 살짝 스쳤을 뿐인데도 피부가 벌겋게 달아올라 있었다.

강기가 아니면 상처조차 낼 수 없는 자신의 몸이었다.

하지만 담천이 날린 것은 분명 강기와는 다른 종류의 것이었다.

정체를 알 수는 없었으나 왠지 거슬리는 기운.

본래 힘의 오 할밖에 발휘하지 못하는 지금 상황에서는 조심스러울 수밖에 없었다.

사실 이 같은 일은 담천의 암혼기가 삼 단계를 넘어섰기 때문에 가능한 것이었다.

삼 단계를 넘어서면서 암혼기를 자유자재로 변형시키거나 먼 거리에서 쏘아 낼 수 있게 된 것이다.

"저년이!"

그때, 담천을 주시하던 염마의 눈썹이 꿈틀했다.

어느새 천혜린이 서문유향을 데리고 멀찌감치 달아난 것이다.

당장에 달려가 요절을 내고 싶었으나 담천에게 등을 보이는 위험을 감수할 수는 없었다.

"이익!"

염마가 담천을 돌아보며 이를 갈았다.

"어디 네놈이 과연 내 앞을 막아설 자격이 되는지 한번 보자구나!"

다 잡은 서문유향을 놓치게 만든 담천에게 그 분풀이를 하기로 마음먹은 것이다.

말이 끝남과 동시에 염마의 온몸을 휘돌던 다섯 마리 화룡이 담천을 향해 쏜살같이 쏘아져 갔다.

화르르륵!

당장에라도 담천을 잡아먹을 듯, 이를 드러내고 달려드는 화룡은 마치 살아 있는 것처럼 거칠게 꿈틀댔다.

담천은 즉시 천령검을 뽑아 들었다.

우우우웅!

몸 안에 가득찬 암혼기를 천령검에 밀어 넣자 검이 가늘게 진동했다.

담천은 지체 없이 다섯 마리 화룡을 향해 풍운십이검의
제 칠 초 삭풍소월을 시전 했다.

콰콰콰쾅!

천령검 끝에서 일어난 검기의 폭풍이 화룡들과 부딪히며
폭발했다.

다섯 화룡이 폭발과 함께 허공으로 흩어져 버렸다.

동시에 담천의 신형이 사라졌다.

슈슈슈슈슝!

염마가 급히 전면으로 십여 개의 화염구를 날렸다.

콰콰콰쾅!

폭발 사이로 희끗희끗 그림자가 사라졌다 나타났다.

바로 극성의 비설형(飛雪形)을 펼치고 있는 담천이었다.

암혼기가 삼 단계에 이르면서 더욱 움직임이 빨라진 터
라 비설형의 위력은 전에 비해 비약적으로 상승한 상태였
다.

염마가 날린 화염 구체들은 하나도 적중하지 못하고 담
천의 겉옷만 태웠다.

'진마의 힘이 고작 이 정도였나?'

직접 상대해 보니 생각했던 것보다 그 움직임이나 위력
이 훨씬 약했다.

두 눈으로 직접 확인했던 혈마의 압도적인 능력과 비교
하면 한참 모자란 실력이었다.

'혈마가 너무 강했던 것인가? 아니면 내 실력이 그만큼 발전한 것인가.'

이 정도라면 충분히 승부를 걸어 볼 수 있을 것 같았다.

물론 그런데는 염마가 본래 능력을 되찾지 못했다는 사실이 큰 역할을 했다.

어쨌든 담천에게는 호재인 셈이었다.

아슬아슬하게 화염구를 피해 낸 담천은 어느새 염마의 바로 앞까지 다가와 있었다.

번쩍!

담천은 지체하지 않고 일섬단일을 펼쳤다.

섬광과 함께 천령검이 공간을 세로로 양단했다.

콰아아앙!

하지만 어느새 다시 만들어진 화룡들이 담천의 검격과 충돌했다.

"이놈!"

염마의 얼굴이 일그러졌다.

진마인 자신이 겨우 인간 따위에게 이 정도까지 밀린다는 건 몹시 굴욕적인 일이었다.

"놈! 어디 이것도 받아 보거라!"

이를 악문 염마가 현재 자신이 사용할 수 있는 모든 힘을 최대한 끌어모았다.

담천이 승부를 장담할 수 없는 상대임을 인정한 것이다.

동시에 그의 몸 주위로 일곱 마리의 화룡이 모습을 드러냈다.

화룡들이 만들어 내는 화염의 회오리가 주변을 뜨겁게 달궜다.

열기 때문에 함부로 염마의 근처에 접근하기조차 쉽지 않은 상황이었다.

담천은 당황하지 않고 침착하게 기회를 엿봤다.

화르르르륵!

그아아아앙!

굉음과 함께 일곱 마리 화룡이 담천을 향해 돌진해 왔다.

동시에 담천이 화룡들 사이로 파고들었다.

극성의 비설형이 펼쳐지며 담천의 모습이 흐릿하게 변했다.

치이이익!

화룡들이 아슬아슬하게 스치고 지나가며 담천의 피부가 강력한 열기에 익어 버렸다.

하지만 불사의 육신이 가진 탁월한 재생력으로 인해 곧장 새살이 돋아났다.

담천의 피부가 녹아내리다, 생성되기를 반복하는 모습은 무척 기괴하고 공포스러웠다.

열기에 아랑곳하지 않고 몸을 날린 담천이 어느새 다시

염마의 지척에 도달했다.

막강한 재생력에도 불구하고 담천의 온몸은 원래의 형체를 알아볼 수 없을 정도로 일그러져 있었다.

화상으로 인해 극심한 통증이 몰려왔으나 담천에겐 고통을 느낄 여유조차 없었다.

단 한순간이라도 머뭇거린다면 치명적인 결과를 가져올 것이기 때문이다.

물론, 불사의 육신을 가진 담천은 살아날 수 있겠지만, 천혜린과 서문유향은 그걸로 끝이다.

게다가 서문유향이 죽게 되면 불사의 육신도 아무런 의미가 없다.

담천은 이를 악문 채 곧장 삭풍소월을 시전 했다.

콰콰콰콰!

천령검으로부터 암혼기가 소용돌이치며 검기의 폭풍을 만들어 냈다.

구구구구궁!

어느새 제자리로 돌아온 일곱 마리 화룡이 소용돌이치는 검기와 부딪히며 저항했다.

천령검이 염마와 반 장 정도의 거리를 두고 더 이상 전진하지 못하고 있었다.

삭풍소월로 만들어 낸 암혼기의 소용돌이는 유지할 수 있는 시간이 염마의 화룡처럼 길지 않았다.

결국 암혼기의 소용돌이가 점점 사그라지자 힘을 얻은 화룡들이 곧장 담천을 덮쳤다.

화르르륵!

담천은 즉시 암혼기를 겹겹이 둘러 몸을 보호했다.

쿠아아아앙!

화룡들이 암혼기의 막과 충돌하며 귀를 찢는 폭음이 터져 나왔다.

콰콰콰콰!

일곱 마리 화룡이 번갈아 가며 암혼기로 이루어진 보호막을 때려 댔다.

담천은 가지고 있는 모든 기운을 보호막에 집중했다.

보호막이 뚫리면 아무리 불사의 육신을 가진 담천이라 해도 순식간에 숯덩이가 되어 버릴 것이 분명했기 때문이다.

하지만 암혼기로 이루어진 보호막이 화룡들을 막아 주고는 있었으나, 그 열기까지 막아 내지는 못했다.

치이이익!

어느 순간부터 담천의 살들이 녹아내리며 뼈가 드러났다.

재생력이 열기를 이겨 내지 못한 것이다.

'크으윽……! 역시 진마라는 것인가!'

담천의 얼굴이 차갑게 굳었다.

이대로라면 필패였다.

무언가 방법을 생각해 내야 했다.

하지만 지독한 통증과 뜨거운 열기로 인해 도저히 제대로 된 사고를 할 수가 없었다.

"배력공을 사용하세요!"

그때, 멀찌감치에서 천혜린의 다급한 목소리가 들려왔다.

'배력공!'

담천의 머릿속에 그제야 배력공에 대한 것이 떠올랐다.

일정 시간 동안 힘을 배로 늘려 주는 강력한 술법.

암혼기가 삼 단계를 넘어서게 되면서 얻게 된 힘이다.

담천은 지체하지 않고 암혼기를 문양의 날개 부분을 향해 불어넣었다.

원래 담천이 발휘할 수 있는 주술들 중 암혼장은 문양의 중심부에 새겨져 있었고, 배력공은 테두리 날개에 새겨져 있었다.

사용할 수 있는 능력이 암혼장 하나일 때는 무작정 문양에 암혼기를 불어넣으면 암혼장 하나만 발동되었으나, 이제 예전처럼 불어넣을 경우 두 가지 능력이 동시에 발동하게 된다.

물론, 두 가지 능력이 중첩된다면 그 위력이 훨씬 강력하겠지만, 둘 다 제한이 있는 만큼 신중하게 써야 하는 것이다.

구우우우웅!

순간 문양이 공명을 일으키며 온몸이 저릿할 정도로 강력한 힘의 파동이 담천의 전신(全身)을 가득 채웠다.

번쩍!

담천의 두 눈에서 섬광이 일었다.

콰아아아아!

동시에 암혼기의 보호막이 급격히 확장되며 화룡들을 밀어냈다.

뼈를 드러내던 담천의 육신은 어느새 새살이 돋아 있었다.

배력공으로 인해 재생력 또한 더욱 강력해진 것이다.

정신을 수습한 담천이 재빨리 천령검을 뽑아 냈다.

쿠르르르릉!

천둥이 치는 듯한 굉음이 울리며 다시 한 번 삭풍소월이 모습을 드러냈다.

천령검을 중심으로 지름이 일 장이 넘어가는 거대한 소용돌이가 생겨났다.

그 회전 속도나 대기로 전해지는 진동이 전과는 비교도 안 될 정도로 막강했다.

콰아아아아!

뒤로 밀려났던 일곱 화룡들이 삭풍소월이 만들어 낸 암혼기의 소용돌이에 빨려 들어갔다.

"엇!"

깜짝 놀란 염마가 다급히 공력을 끌어올려 화룡들을 제어하려 했으나 잠시 꿈틀했을 뿐, 속절없이 소용돌이의 먹잇감이 되었다.

"크으으……. 이게 대체……."

갑자기 변한 담천의 기세에 염마가 신음을 토해 냈다.

이대로라면 일곱 화룡이 모두 소용돌이에 먹혀 버리고 말 것이다.

정상적인 상태가 아닌 염마에게 화룡은 현재 사용할 수 있는 최고의 술법.

화룡이 통하지 않는다면 염마로서는 담천을 상대할 마땅한 방법이 없는 것이다.

패배는 곧 죽음을 뜻했다.

그야말로 천운을 얻어 뇌옥을 탈출했는데 이렇게 어이없이 목숨을 잃을 수는 없었다.

염마의 얼굴이 일그러졌다.

'이대로 개죽음을 당할 수는 없다!'

결국, 염마는 달아나기로 마음을 굳혔다.

"하아아압!"

콰아아앙!

기합과 함께 화룡들이 폭발하며 담천이 쏘아 낸 검기의 폭풍이 잠깐 주춤했다.

그 틈을 타 염마가 바람처럼 몸을 날렸다.

"놈! 반드시 이 굴욕을 갚아 줄 테니 기다리고 있거라!"

염마가 악이 받힌 목소리로 소리쳤다.

하지만 담천은 염마를 이대로 보내 줄 마음이 추호도 없었다.

담천이 다시 한 번 암혼기를 문양에 불어넣었다.

화아아악!

순간 끈적한 기운이 사방으로 퍼져 나갔다.

담천이 사용할 수 있는 또 다른 술법 암혼장이 발휘된 것이다.

달아나던 염마의 신형이 무언가에 걸린 듯 주춤했다.

"허억!"

갑작스런 상황에 놀란 염마가 헛바람을 토해 냈다.

번쩍!

그때 어느새 염마의 지척에 다다른 담천이 일섬단일을 펼쳤다.

쩌어어억!

염마가 다급히 화룡을 끌어내려 했지만, 암혼장으로 인해 한 발 늦게 발동될 수밖에 없었다.

그 잠깐의 시간이 승부를 갈랐다.

푸아아악!

염마의 이마로부터 사타구니까지 이어진 혈선에서 피분수가 뿜어져 나오며 그의 육신이 좌우로 갈라졌다.

염마로서는 그야말로 어처구니없는 최후였다.

혈마와 대결하고도 살아남았을 정도로 막강한 진마 중 하나였던 그.

그런 그가 같은 진마도 아닌 한낱 인간에게 목숨을 잃은 것이다.

만일 염마가 본래의 힘을 잃지만 않았다면 결과는 전혀 달랐을 것이다.

"후욱……."

담천이 가쁜 숨을 몰아쉬며 바닥에 주저앉았다.

쉽지 않은 싸움이었다.

배력공을 사용하지 않았다면 자신이 당했을 것이다.

역시 진마는 일반 마귀와는 차원이 다른 힘을 갖고 있었다.

"축하해요. 담천 그대가 드디어 진마를 잡았군요!"

어느새 입가에 미소를 머금은 천혜린이 옆에 다가와 있었다.

그녀의 목소리는 잔뜩 들떠 있었다.

평상시 무슨 생각을 하는지 짐작조차 할 수 없을 정도로 자신의 감정을 쉽게 내비치지 않던 그녀를 생각하면 의외의 모습이었다.

그만큼 진마를 잡는 일이 어렵고 대단하다는 이야기일 것이다.

"이제 놈의 힘과 혼을 흡수하면 당당히 다른 진마들과도 겨룰 수 있을 거예요."

천혜린이 눈동자를 빛내며 말했다.

그제야 담천은 자신이 아직 염마의 힘을 흡수하지 않았다는 것을 깨달았다.

놈의 힘을 흡수해야 한다는 사실조차 잊을 정도로 고전했던 것이다.

담천은 가슴을 둘러싼 비단천을 풀었다.

놀랍게도 살이 익을 정도의 열기에도 비단천은 흠집 하나 없이 멀쩡한 상태였다.

드드드드드드!

문양이 드러나자 염마의 시신과 그 주위의 대기가 요동 치기 시작했다.

구구구구궁!

ㅊㅊㅊㅊㅊ!

둘로 갈라진 염마의 시신으로부터 붉은 기운이 솟아올랐다.

마치 한 마리 화룡처럼 꿈틀대는 붉은 기운 줄기가 담천의 왼쪽 가슴으로 빨려 들어왔다.

슈아아아아악!

진마가 가진 막강한 기운이 흡수되며 담천의 육신이 번개를 맞은 것마냥 경련을 일으켰다.

파츠츠츳!

염마의 기운이 암혼기와 섞이며 뇌전이 일었다.

그러자 경련하던 담천의 몸이 점점 허공으로 떠올랐다.

잠시 후 암혼기와 염마의 기운이 만나서 생성된 거대한 기의 소용돌이가 담천을 삼켜 버렸다.

고오오오오!

천혜린은 이 모든 광경을 경이로운 눈으로 바라봤다.

마치 필생의 역작을 바라보는 화가의 그것과 같이 그녀의 눈엔 열망이 가득했다.

무려 이각의 시간이 지나고서야 담천이 그 모습을 드러냈다.

화상으로 인해 뼈가 드러날 정도로 녹아 버렸던 육신은 어느새 말끔히 나아 있었다.

번쩍!

담천이 두 눈을 뜨자 사방으로 눈부신 빛이 터져 나왔다.

"대단하군요! 생각했던 것 보다 암혼기의 발전 속도가 놀랍도록 빨라요. 삼 단계를 넘어선 지 얼마 되지 않았는데 지금은 또 달라졌군요."

천혜린이 연신 탄성을 터뜨렸다.

담천은 자신의 몸 내부를 관조했다.

암혼기가 몸 곳곳에서 꿈틀대고 있었다.

그렇다고 제멋대로 날뛰는 것은 아니어서 담천의 의지에 즉각적으로 반응하고 있었다.

그 양도 양이었지만, 이전보다 훨씬 압축되고 단단해진 느낌이었다.

"유향은?"

몸을 다스린 담천은 즉시 서문유향의 안위를 물었다.

"정혼자를 앞에 두고 다른 여자를 찾다니 실망이군요?"

천혜린이 한쪽 입꼬리를 말아 올리며 담천을 놀렸다.

하지만 담천은 아무런 반응 없이 그녀를 노려볼 뿐이었다.

"훗, 재미없기는……."

코웃음을 친 천혜린이 쓰러진 서문유향이 타고 있는 말로 향했다.

서문유향은 의식이 없이 말 위에 축 늘어져 있었다.

"다행히 의식을 잃은 것 외에는 큰 문제가 없어 보이는군요. 언제 깨어나게 될지는 알 수 없지만……."

천혜린이 말꼬리를 흐렸다.

담천은 걱정스런 눈빛으로 서문유향을 바라봤다.

"위험은 사라진 것 같으니 서문세가로 다시 데려다 주도록 하지."

그때였다.

콰아아아앙!

서문세가 쪽에서 거대한 폭음이 울렸다.

담천과 천혜린의 시선이 동시에 서문세가로 향했다.

폭발의 규모로 보아 염마보다 더 뛰어나면 뛰어났지 결코 뒤지지 않는 힘을 가진 존재가 개입된 것이 분명했다.

"혹시, 또 다른 진마가 나타난 것인가?"

담천이 미간을 좁히며 폭음이 들려온 방향을 바라봤다.

"무슨 일인지 알아보도록 하죠!"

만일 또 다른 진마가 있다면 위험할 수도 있었으나, 한편으로는 기회이기도 했다.

게다가 혼절한 서문유향도 식구들에게 데려다 줘야 했다.

담천과 천혜린은 곧장 서문세가로 발걸음을 돌렸다.

☯

화산파 정도연합 진영.

혈마가 후퇴하면서 화산파를 공격했던 혈천의 무리도 함께 물러났다.

이곳 역시 상당한 혈전이 벌어졌고, 수많은 무인들이 목숨을 잃었다.

특히, 짐승을 이용한 공격과 시체를 일으켜 세우는 술법으로 인해 무공이 떨어지는 나이 어린 무사들의 피해가 컸다.

그들 하나하나가 각 문파와 가문의 미래가 될 이들이었다.

비록 혈천을 물리치긴 했으나, 결코 기뻐할 수 없는 상황인 것이다.

화산파 자소궁.

앞으로의 진행 방향에 대해 논의하기 위해 각 문파와 가문의 수뇌부가 모여 있었다.

이대로 밀고 올라가 혈천의 무리들을 남김없이 척살해야된다는 의견과, 일단은 전열을 정비해야 한다는 의견이 맞서고 있었다.

사실 전쟁이 벌어진 곳이 정파의 안마당이었기에 얻은 것보다는 잃은 것이 훨씬 많은 상황이었다.

혈천에 의해 자신의 터전을 잃은 가문이나 문파 입장에서는 복수를 원하고 있었던 것이다.

하지만 직접 경험한 혈천 마인들의 가공할 무력과 기괴한 술법을 생각해 보면 놈들을 추격해서 이득을 얻어 낼 수 있으리란 보장도 없었다.

자칫 마인들의 매복이나 계략에 걸려 큰 피해를 입을 가능성도 있는 것이다.

이런 이유로 수뇌부들은 한 시진이 넘도록 결론을 내리지 못하고 갑론을박하고 있었다.

남궁영재 역시 세가의 대표로 숙부이자 무벌의 무상인 남궁제와 함께 수뇌 회의에 참여하고 있었다.

똑같은 소리를 반복하는 것이 지루한 듯 눈살을 찌푸리던 남궁영재의 표정이 살짝 굳었다가 다시 본래대로 돌아왔다.

"숙부님 죄송하지만 잠시 자리 좀 비워도 되겠습니까?"

"무슨 일이냐?"

남궁제가 의아한 표정으로 물었다.

"답답해서 잠시 바람 좀 쐬고 오려 합니다."

뒷머리를 긁적이며 말하는 남궁영재의 모습에 남궁제의 눈가에 미소가 일었다.

그렇게 완벽해 보이던 자신의 조카도 아직은 혈기를 숨기지 못하는 청년이라는 것을 느꼈기 때문이다.

"허허, 하기야 네 입장에선 그렇기도 하겠구나."

아무리 후기지수 중 가장 이름 높은 남궁영재라 해도 연합군의 행보를 결정하는 자리에 함부로 껴들 수 있는 위치는 아니었다.

경험상 대동하기는 했으나 아무것도 못 하고 꿔다 놓은

보릿자루처럼 우두커니 있으려니 갑갑하기도 할 것이다.

"그래, 어차피 쉬이 결론이 날 것 같지는 않으니 잠시
숨 좀 돌리고 오너라."

"감사합니다."

남궁영재는 숙부에게 고개를 숙인 후 재빨리 자소궁을
나서 한적한 곳으로 향했다.

걸음을 옮기던 남궁영재가 주위에 아무도 없음을 확인하
고는 신형을 멈추더니 갑자기 빈 허공에 대고 질문을 했
다.

"무슨 일이냐?"

다른 이가 봤다면 아마도 실성했다 여겼을 것이다.

한데 뜻밖에도 허공에서 목소리가 들려왔다.

—대공! 의창에 문제가 생겼습니다!

그것은 놀랍게도 광마의 수족이던 유광의 목소리였다.

유광이 대공이라 칭했다면 바로 남궁영재가 그의 주인이
자 진마인 광마라는 이야기가 아닌가.

남궁영재와 심령으로 연결되어 있는 유광에게서 연락이
온 것이다.

순간 남궁영재의 두 눈에서 광채가 일었다.

"혼마가 움직인 것인가?"

당장에 걱정거리라면 혼마 이외에는 따로 생각나는 것이

없었다.

하지만 유광의 다음 이야기가 남궁영재의 예상을 보기
좋게 깨뜨려 버렸다.

—아무래도 또 다른 진마가 나타난 것 같습니다!

또 다른 진마!

"내가 모르는 진마가 의창에?"

남궁영재의 미간에 깊은 주름이 잡혔다.

혼마 하나도 만만치 않은 마당에 또 다른 진마라니.

이 틈에 혼마까지 움직이게 되면 무벌의 근간이 흔들릴
수도 있었다.

자칫 자신이 그동안 애써 닦아 온 기반이 모두 무너져
내릴 심각한 위기인 것이다.

게다가 혹시라도 두 진마가 맞붙어 다른 녀석의 힘을 흡
수하게 된다면 그야말로 최악의 상황이 된다.

"현재 상황은!"

—현재는 서문세가에서 난동을 부리고 있는 듯합니다.
서문세가의 장원이 화염에 휩싸인 것을 확인했습니다.

서문세가가 타격을 입는다니 기뻐해야 할 일이었으나,
어차피 언제 다른 곳으로 불똥이 튈지 모르는 상황이었다.

남궁세가 역시 결코 안전하다고 장담할 수 없었다.

"최대한 서둘러 돌아갈 테니, 그때까지는 움직이지 말고
전력을 보존하는 데 집중하라!"

─존명!

권속이나 마귀가 움직여 봐야 좋은 먹잇감이 될 뿐이었다.

일단은 자신이 돌아갈 때까지 피해를 줄이는 것이 최선인 것이다.

연락을 끊은 남궁영재가 급히 몸을 날렸다.

◑

서문세가는 장원의 삼분지 일 이상이 폐허로 변해 버렸을 정도로 큰 피해를 입은 상태였다.

화마가 삼키고 간 건물들은 잿더미만 남아 있었고, 곳곳에 숯덩이로 변한 무사들의 시체가 널려 있었다.

염마의 공격에다가 혼마와 망원까지 난장판을 벌였으니 온전한 곳이 있는 것이 오히려 신기할 정도였다.

생존자들은 대부분 안채로 피신한 상황이었다.

혼마와 망원을 상대하는 것은 불가능하다 판단했기 때문이다.

서문유향을 데리고 안채 쪽으로 향하던 담천의 시야에 녹색 머리카락을 치렁치렁 늘인 채 주저앉아 있는 청년이 잡혔다.

"저자는?"

그는 바로 망원이었다.

'그렇다면 이 소동은 저자가 일으킨 것인가?'

하지만 부상을 당한 듯 보이는 망원의 모습을 볼 때 그건 아닌 듯했다.

망원이 고전할 정도의 존재와 싸움이 있었던 것이 분명했다.

아까의 폭발은 아마도 둘이 부딪히며 생긴 것일 확률이 높았다.

담천은 조심스럽게 망원에게 다가갔다.

"요마로군요!"

천혜린이 날카로운 눈으로 망원을 살폈다.

인기척을 느낀 망원이 고개를 들고 담천을 바라봤다.

"어라? 이거 반가운 얼굴이군요? 후후후."

죽립을 쓴 담천을 어찌 알아봤는지 망원이 아는 체를 했다.

게다가 그동안에도 암혼기에 휩싸이거나 복면을 한 상태에서만 만났음에도 용케 알아본 것이다.

"한데, 기운이 달라졌군! 우욱……."

유심히 담천을 살피던 망원이 신음을 흘렸다.

부상이 생각보다 심한 듯했다.

"어떻게 된 거요?"

망원의 능력을 잘 알고 있는 담천이다.

그에게 이 정도 부상을 입힐 존재가 과연 몇이나 되겠는가?

"흥! 아이의 모습을 하고 있던 혼마라는 놈과 붙었지요! 내가 이 정도면 놈은 어떻겠습니까? 결국, 꼬리를 말고 도망쳤지! 크윽!"

혼마와 마지막으로 부딪혔을 때 둘은 양패구상을 이루었다.

혼마는 계속 싸워 봤자 자신에게 득이 될 것이 없음을 깨닫고 즉시 몸을 뺐다.

자칫 염마가 돌아오기라도 한다면 목숨을 장담할 수 없었던 것이다.

천혜린은 망원의 말에 무척 놀랐다.

혼마는 진마였다.

물론 혼마가 진마 중 가장 약한 축에 속하는 것은 사실이었지만, 어쨌든 망원이 진마와 대등하게 맞설 수 있다는 이야기였다.

보통의 요마가 아니란 이야기.

"당신이 해륜을 도왔다던 이무기군요?"

그제야 천혜린을 발견한 망원이 눈웃음을 치며 말했다.

"호오…… 처음 뵙겠습니다. 미인을 보는 것이야말로 제게는 가장 특별한 즐거움이지요."

"말솜씨가 좋으시군요. 한데 요마라기엔 조금 독특한 분이시군요?"

천혜린이 넌지시 망원의 정체를 떠봤다.

"사실 저는 다른 요마들과는 다르지요. 이미 천 년을 넘게 살아 용이 되어 승천을 했어야 하는 몸이지만, 아직 세상에 대한 미련을 버리지 못해 지상에 남아 있지요."

천혜린의 눈동자가 반짝였다.

천 년을 넘게 살았다는 망원의 말이 귀에 들어왔던 것이다.

"천 년을 넘게 사셨다면 마신을 만나셨을 수 있겠군요?"

"마신을 알다니 갑자기 천 낭자의 정체가 궁금해지는군요?"

망언이 의외라는 얼굴로 천혜린을 바라봤다.

이미 천 년도 훨씬 지난 일이기에 지금은 마신에 대한 일이 거의 잊혀져, 기껏해야 전설이나 설화 속에서 가끔 등장하고 있을 뿐이었다.

"호호호, 저는 그대가 정체를 궁금해할 만큼 대단한 사람이 못 된답니다."

천혜린이 슬쩍 망원의 질문을 피하며 그를 뚫어져라 바라봤다.

"끄응……. 그것 참 집요하신 낭자구려."

망원이 못 당하겠다는 듯 고개를 절레절레 흔들었다.

"물론 마신을 만났지요. 마신과의 전쟁에 참여하기까지 했습니다. 그때 살아남은 요마들 중에는 제가 아마도 마지막일 겁니다."

천혜린이 놀란 듯 눈을 크게 떴다.

"그 마신과의 싸움에서 살아남으시다니 정말 대단하신 분이셨군요!"

"정말 마신은 공포 그 자체였습니다. 사실, 제가 살아남은 것은 그저 운이 좋았을 뿐이지요. 천이 넘는 요마 중 채 열도 살아남지 못했습니다. 하늘이 무너져 내리고, 땅은 뒤집혔으며, 바다는 용암처럼 끓어올랐습니다. 인간이건, 짐승이건, 요마건 살아 있는 모든 존재가 두려움에 떨었죠……."

아직도 마신에 대한 공포가 남아 있는지 망원이 몸을 가늘게 떨었다.

"쓸데없는 이야기는 그만하고 우선 서문 소저를 안전한 곳으로 옮기도록 하지."

두 사람의 대화 내용이 무엇을 말하는지 알 수 없던 담천이 약간은 짜증이 어린 얼굴로 말했다.

진마가 이미 몸을 뺐음을 확인한 지금 담천에게 가장 중요한 문제는 서문유향의 안위였다.

게다가 망원이 그다지 마음에 들지도 않았다.

특히 말투는 더욱 그랬다.

요마 주제에 마치 정인군자라도 되는 듯 예의를 차리는 모습이 억지스럽고 이질적이었다.

반면 마귀들에겐 거칠고 난폭한 모습을 보이는 이중성을 가지고 있었다.

담천의 입장에서는 여러모로 믿을 수 없는 존재였다.

인간에겐 사실 마귀나 요마나 거기서 거기 아닌가.

"그럼, 보시다시피 저희는 급한 일이 있어서……."

담천의 재촉에 천혜린이 고개를 살짝 숙인 후 몸을 돌리려는데, 망원이 급히 소리쳤다.

"아! 잠깐만 기다리십시오! 제가 그대들에게 제안할 것이 있습니다."

하지만 담천은 거들떠보지도 않고 안채로 향했다.

"보아하니 그대들도 마귀를 쫓는 것 같은데, 내가 부상당한 진마를 찾을 수 있도록 도와준다면 어떻겠소?"

그때, 다시 한 번 들려온 망원의 목소리에 천혜린의 걸음이 멈췄다.

"정말인가요?"

눈을 빛내며 말하는 천혜린을 보며 담천이 눈살을 찌푸렸다.

서문유향을 한시라도 빨리 의원에게 데려가고 싶었는데, 망원이 자꾸 방해하고 있는 것이다.

"진마는 우리가 알아서 잡을 테니, 그대는 그대 길이나 가시오!"

짜증이 잔뜩 섞인 목소리로 담천이 소리쳤다.

"잠깐만요. 그의 이야기를 들어 보는 것이 좋겠어요."

그때, 천혜린이 담천을 막았다.

"어차피 우리가 찾으면 될 일인데 뭣하러 요마에게까지 도움을 받는단 말인가?"

담천이 조급함을 감추지 못하고 말했다.

"차분하게 생각해 보세요. 놈은 부상을 당한 상태예요. 아마도 지금쯤 어딘가에 꽁꽁 숨어서 기력을 회복하고 있을 것이 분명해요. 마음먹고 숨은 진마를 찾아내는 것은 쉬운 일이 아니에요."

아무리 담천에게 명륜안이 있다 해도 진마가 모습을 드러내지 않는 이상 놈의 정체를 알아차릴 수 없다.

가슴의 문양을 이용해 찾을 수도 있지만, 문양 역시 놈이 근처에 있을 때에만 반응하는 것은 마찬가지였다.

게다가 문양은 그저 근처에 마귀가 있다는 것을 확인할 수 있을 뿐, 방향이나 정확한 위치를 알 수도 없었다.

"의창을 전부 뒤져서 놈을 찾으려면 시간이 너무 걸려요. 그때쯤이면 이미 놈을 찾더라도 힘을 회복했을 가능성이 높아요. 게다가 이곳 소식을 들었다면 무벌의 병력도 다시 돌아올 거예요. 서문광천과 고수들이 돌아온 상태에서는 함부로 움직이기가 힘들다는 것을 그대도 알고 있겠죠?"

하나같이 맞는 말이었다.

하지만 담천은 쉽게 수긍할 수 없었다.

"좋아. 그 점은 나도 인정하지. 하지만 저자를 어떻게 믿을 수 있지? 아무리 생각해도 요마가 우리를 도울 이유가 없잖아?"

망원과이 마귀들을 적대시하고 죽인 것은 사실이지만, 그것만으로 같은 편이라고 볼 수는 없었다.

그는 요마다.

요마는 인간에게 해를 끼치는 존재.

지금이야 친절한 미소를 얼굴에 두르고 있지만, 언제 돌변해서 이빨을 드러낼지 알 수 없는 것이다.

"그의 말도 일리가 있군요. 우리가 당신의 말을 어찌 믿지요?"

천혜린이 엷은 미소를 머금은 채 망원에게 물었다.

마치 도박사가 상대에게 '이제 당신의 패를 내놓아 보아라' 라고 말하는 것 같았다.

"흠…… 좋습니다. 그럼 솔직히 이야기하도록 하지요."

잠시 한숨을 내쉰 망원이 말을 이었다.

"사실 제가 도움을 준다기보단 도움을 청한다고 해야겠군요. 놈과 상대해 본 결과 인정하기는 싫지만 혼자서는 놈을 잡을 수 없다는 결론에 도달했기 때문이지요. 게다가 부상까지 입었으니 직접 움직이기도 어려운 상황이고, 해서 그대들이 대신 놈을 처리해 주었으면 하는 것입니다. 수불도와 천사궁이 함께 하는 것을 보면 그대들 역시 마귀를 목표로 하고 있는 듯한데, 그렇다면 어차피 서로에게 이득이 되는 일이 아니겠습니까?"

"그렇게까지 하면서 마귀를 잡으려는 이유는 무엇이오?"

담천이 의구심을 거두지 않고 물었다.

사실 요마와 마귀는 오히려 비슷한 존재라 할 수 있었다.

한데, 망원은 대체 왜 마귀들을 없애는 데 이토록 집착하는 것이란 말인가.

"하…… 답답하군요. 그것이 뭐가 중요합니까? 어차피 그대들은 손해 볼 것이 없지 않습니까? 마귀와 부상까지 입어 가며 싸운 내가 놈들과 짜고 그대들을 함정에 빠뜨리기라도 할까 봐 걱정인 겁니까?"

망원이 이해할 수 없다는 듯 고개를 절레절레 흔들며 말했다.

"그의 말이 맞아요. 어차피 놈을 찾아야 하는 우리 입장에서는 그의 말을 듣는 것이 손해 될 것은 없어요."

객관적으로 생각해 봐도 망원이 담천과 천혜린을 속여

함정에 빠뜨릴 이유가 없었다.

"뭐, 정 싫다면 저도 강요하지는 않겠습니다. 아쉽지만 혼자서라도 놈을 잡아야겠지요. 하지만 서로 이득이 되는 제안을 굳이 거부할 이유가 없지 않습니까?"

담천이 잔뜩 찌푸린 얼굴로 서문유향과 망원을 번갈아 쳐다봤다.

"어차피 서문 소저는 충격 때문에 기절한 것뿐이에요. 깨어날 때까지 시간은 길어지겠지만 현재로서는 큰 이상은 없어 보이니 너무 걱정하지 마세요."

담천의 마음을 눈치챈 천혜린이 그를 안심시켰다.

"좋소. 어디 한 번 그대의 말을 들어 보도록 하지."

담천이 제안에 응하자 망원의 얼굴이 환해졌다.

"하하. 잘 생각하셨습니다. 그럼 놈을 찾을 방법을 알려 드리지요."

망원이 눈동자를 빛내며 자신의 품속에서 황금으로 만든 대추알보다 약간 작은 크기의 추 하나를 꺼냈다.

추는 역시 금으로 만들어진 한 자 반 정도 되는 가는 줄에 매달려 있었는데, 전체적으로 은은한 녹광이 흘러나오고 있었다.

"이것은 제가 만든 법구 중에 하나로 진향추(趁香錘)라는 것입니다. 제가 마지막 공격 시에 놈에게 저만의 특수한 향을 발라 놓았는데, 진향추는 바로 그것을 쫓는 물건입니다."

자신이 만든 물건에 대한 자부심이 가득한 표정이었다.

"놈이 지하에 있든, 하늘에 있든, 물속에 있든 그 어디라도 십 리를 벗어나지 않는 한 찾아낼 수 있습니다. 단, 이 진향추는 시전자의 피를 먹고 작동을 하니, 피를 한 방울 떨어뜨려야 합니다. 일단 제 피를 한 방울 떨어뜨리지요."

망원이 집게손가락 끝에 작은 상처를 내 진향추에 떨어뜨렸다.

망원의 피는 신기하게도 녹색이었다.

머리와 눈동자뿐 아니라 피까지 녹색이었던 것이다.

기묘한 녹색 핏 방울은 추에 떨어지자마자 흔적도 없이 사라져 버렸다.

우우우우웅!

순간, 추가 진동하며 허공에서 원을 그리기 시작했다.

스스스스!

마치 살아 있는 것처럼 스스로 움직이던 추가 점점 한쪽으로 쏠리더니 종국에는 동쪽 방향을 가리켰다.

"저쪽이군요!"

추는 화살처럼 솟아올라 한 방향을 향하고 있었다.

담천과 천혜린이 추가 가리킨 방향으로 시선을 돌렸다.

가까이는 제갈세가, 멀리는 남궁세가가 있는 방향이었다.

"놈에게 가까워질수록 추의 각도가 밑으로 내려옵니다. 추가 땅을 가리키면 바로 그곳이 놈이 있는 곳입니다. 우선은 제 피로 했으나 시간의 제한이 있으니 다음부터는 아마도 그대들의 피를 사용해야 할 것입니다."

망원이 담천에게 추를 건넸다.

담천은 추를 받아들고 품 안에 집어넣었다.

당장에는 서문유향을 식구들에게 데려다 주는 것이 먼저였기 때문이다.

"어쨌든 도와줘서 고맙군요. 우리가 놈을 꼭 잡도록 하지요."

"하하하, 어차피 서로에게 이득이 되는 일이니 고마울 것까지는 없습니다. 그저 의창에서 마귀놈들이 빨리 사라지길 바랄 뿐입니다. 아! 그리고 그 추는 제가 매우 아끼는 것이니 일이 끝나면 꼭 다시 돌려주시길 부탁드리겠습니다. 전에 세 마리 마귀들과 싸웠던 갈대밭에 오시면 제가 바로 찾아가도록 하지요."

"용무가 끝났으면 이만 헤어지도록 하지."

무뚝뚝하게 한 마디를 내뱉은 담천은 곧장 몸을 돌려 안채로 향했고, 망원에게 살짝 눈웃음을 지어 보인 천혜린이 그 뒤를 쫓았다.

멀어지는 담천과 천혜린의 뒷모습을 잠시 지켜보던 망원이 몸을 날려 반대편으로 사라졌다.

　　　　　　　　　　　◐

"엇! 아가씨!"

담천과 천혜린이 안채로 다가서자 경계를 서고 있던 무사들이 서문유향을 발견하고 다급히 소리쳤다.

"아가씨가 오셨다고?"

"향아!"

서문오로의 생존자와 서문동혁, 용화란이 소란을 듣고 달려 나왔다.

"천 소저 아니십니까? 향이는 괜찮습니까?"

천씨상단이 무벌과 거래할 때 몇 번 인사를 했던 서문동혁이 천혜린을 알아보고는 걱정스러운 얼굴로 물었다.

"너무 걱정하지 마세요. 의식을 잃긴 했으나 부상이나 다른 이상은 전혀 없어요."

천혜린이 말에도 식구들과 서문오로는 불안감을 떨치지 못했다.

"어서 의원을!"

용화란이 창백한 표정으로 소리쳤다.

팔을 잃은 윤공과 부상자들의 치료 때문에 안채에 와 있던 의원이 급히 달려 나왔다.

시녀들이 서문유향을 받아들고 조심스럽게 방으로 옮겼다.

용화란이 안절부절 못하며 그 뒤를 따랐다.

천혜린은 마당에 남은 서문동혁과 서문오로에게 그간의 상황을 설명했다.

물론, 담천의 이야기는 뺀 상태였다.

"호위대 분들의 희생으로 인해 서문 소저가 무사할 수 있었습니다. 그리고……"

잠시 머뭇거리던 천혜린이 말을 이었다.

혜린의 말을 대략 정리해 보면 다음과 같았다.

그녀는 서문세가에서 화염이 치솟는 것을 보고 무슨 일이 일어났다 싶어 상단의 무사들을 이끌고 포구에 있는 물품 창고로 향했다.

창고에 보관된 상단의 물건들을 안전한 곳으로 옮기기 위해서였다.

그를 위해 짐마차와 말들도 대동했음을 당연했다.

그런데 창고로 가는 길에 공교롭게도 비밀 통로를 탈출한 서문유향 일행을 만나게 된 것이다.

그들이 강적에게 쫓기고 있음을 알아차린 천혜린은 서문유향을 도와 달아났고, 상단 무사들과 서문유향의 호위대는 적을 막기 위해 뒤에 남았다.

도중에 서문유향이 정신을 잃었고, 안가가 어디인지 알지 못하는 천혜린은 무작정 서문세가로 향했다.

이상이 천혜린이 서문오로에게 밝힌 그간의 정황이었다.

유심히 들어 본다면 조금 석연치 않은 부분도 있었으나, 천혜린 특유의 감정 연기에 속은 서문오로는 별다른 의심을 품지 않았다.

게다가 어차피 그때 상황을 직접 겪은 이는 천혜린과 서문유향뿐이다.

서문유향이 의식을 잃은 지금 그것을 따질 수 있는 사람은 아무도 없는 것이다.

서문동혁 및 서문오로와 이야기를 끝낸 천혜린이 담천에게 눈짓을 했다.

이제 돌아갈 때가 된 것이다.

서문유향을 생각하면 발이 떨어지지 않는 담천이었으나, 오래 있을수록 자신의 정체가 밝혀질 위험이 높다는 것을 그도 잘 알고 있었다.

담천은 아쉬움을 뒤로 한 채 담씨세가를 향해 무거운 걸음을 옮겼다.

3장
흡정마환진

스르륵!

어두운 석실 바닥에서 한 쌍의 혈광이 서서히 허공으로 떠올랐다.

"크으⋯⋯."

혈광 주위로 검은 연기가 스멀거리며 모여들었다.

"어찌 요마놈이⋯⋯."

서서히 형상을 갖추는 존재의 정체는 바로 혼마였다.

망원과의 싸움에서 득을 보지 못하고 자신의 본거지로 도망쳐 온 것이다.

실체가 없는 혼마에게 충격을 줄 정도로 망원의 능력은 대단했다.

물론, 망원 역시 혼마에게 상당한 상처를 입은 상태였다.

혼마로서는 아무리 생각해도 납득할 수 없는 일이었다.

진마와 대등한 실력을 갖춘 요마라니, 이제껏 팔백 년을 넘게 살아온 그였지만, 이런 망원 같은 존재가 있다는 사실은 금시초문이었다.

"일단 이 모습은 더 이상 안 되겠어……."

망원에게 들킨 이상 이제는 쓸모가 없어진 것이다.

이미 혼까지 잡아먹어 버린 상태라, 그러지 않아도 다른 육신으로 옮기려 했던 차였다.

"크으으…… 이렇게 된 이상 다른 가문 녀석을 숙주로 삼아야겠군."

이번에는 이왕이면 지휘가 어느 정도 있는 자를 숙주로 삼기로 마음먹었다.

망원이나 새로운 진마에 대한 정보를 얻기 위해서는 아무래도 인간들을 부려야 했기 때문이다.

슈우욱!

순간, 제갈영민의 육신이 검은 연기로 화하더니 허공으로 흩어져 버렸다.

스으윽!

동시에 한 쌍의 혈광이 다시 석실 바닥으로 스며들었다.

다음날 종남산 정도연합 진영으로 한 마리 전서구가 날아들었다.

의창에 큰 난리가 일어났다는 소식이었다.

즉시, 비상 회의가 소집되었다.

"이미 연락을 받으신 분들도 많을 것이오."

모든 가문이 지휘부 막사에 모이자 제갈명이 조심스럽게 입을 열었다.

각 가문에서도 이미 전서구를 날렸을 터였다.

대부분은 의창의 상황에 대해 알고 있을 것이다.

"마귀가 난동을 부린다는 것이 사실이오?"

당곡이 걱정스러운 얼굴로 물었다.

여기 모인 모두가 마귀의 무서움을 너무도 잘 알고 있었다.

의창에서 벌어졌던 일들이나, 이번 전쟁을 통해서도 수많은 이들이 마귀에게 희생되었다.

특히 혈마의 능력은 상상을 초월했다.

천하의 서문광천마저 놈에게 무릎을 꿇었을 정도니 말해 무엇하랴.

그런 마귀가 자신들의 안방과 같은 곳에서 날뛰고 있는

것이다.

남겨두고 온 식솔들과 가문의 안위가 당연히 걱정될 수밖에 없었다.

"소식에 의하면 그렇습니다."

제갈명이 침중한 얼굴로 말했다.

"허허…… 우려하던 일이 터졌구려……."

종리세가의 가주 종리문성이 조금은 원망이 섞인 목소리로 슬쩍 서문광천의 눈치를 살폈다.

제갈세가에서 일어났던 아이들의 실종에 마귀가 연관되어 있을 가능성이 높던 상황이었다.

그럼에도 불구하고 혈마와 맞서기 위해 대규모 병력을 차출해 의창을 무방비 상태로 만든 것이 바로 서문광천이었다.

물론, 상당한 전력이 아직 남아 있었고, 여러 가지 대비책들도 마련해 놓았으나, 이런 일이 발생한 이상 책임을 완전히 벗어날 수는 없었다.

"그렇다면 지금 이러고 있을 게 아니라 빨리 돌아가야 하지 않겠소?"

팽가의 가주 팽일도가 불안함을 감추지 못한 얼굴로 목소리를 높였다.

사실 여기 모인 모두가 팽일도와 같은 심정이었다.

물론 그리되면 현재의 정도연합군은 깨지게 된다.

거기다 힘을 보태기로 했던 관군과의 약조도 파기해야
한다.

하지만 이미 혈천이 뒤로 물러선 데다, 전황도 지지부진
한 지금 무벌의 가문들에게는 이곳보다는 의창의 상황이
더 화급했다.

"관에서 반역도당으로 낙인찍은 만큼 어차피 혈마도 함
부로 다시 덤벼들지는 못할 것입니다. 가문의 안위가 달린
문제보다 중요한 것이 무엇이 있겠습니까?"

서문제혁의 말에 모두가 고개를 끄덕였다.

"좋다! 그대들의 의견이 그렇다면 서둘러 의창으로 향하
는 것으로 하지. 정천맹 측에는 내가 설명하겠다."

서문광천이 결론을 내리자 모두 황급히 자신의 막사로
돌아갔다.

한시라도 빨리 의창으로 향하려면 준비를 서둘러야 했기
때문이다.

◑

"어차피 하루 빨리 움직인다고 크게 달라질 것도 없는데
담 공자는 왜 혼자서 먼저 간 거야?"

불만스러운 얼굴로 해명이 말했다.

"사형, 담 공자에게도 생각이 있겠지요. 아마도 빨리 움

직일 수 있는 무슨 술법이 있나 봅니다. 그리고 우리가 모두 빠져나가면 아무래도 지휘부에서 허락하지 않을 것이 아닙니까?"

해륜이 담천의 입장을 변호하자 해명의 눈썹이 추켜 올라갔다.

"아니! 넌 그렇게 좋으면서 왜 함께 가지 않고 여기서 청승을 떨고 있는 것이냐!"

"아, 아니, 누가 누굴 좋아한다는 것입니까?"

해명의 갑작스런 호통에 당황한 해륜이 말을 더듬었다.

"흥! 속일 걸 속여야지! 이 사형이 너를 한두 해 보더냐? 척하면 척이지."

"아, 아닙니다! 무슨……!"

얼굴이 잔뜩 상기된 해륜이 강하게 부정하자 해명의 표정이 부드럽게 변했다.

"후후후, 걱정하지 마라. 내가 무슨 수를 쓰든 담 공자와 널 반드시 이어 줄 것이니! 너는 그저 이 사형만 믿거라!"

"무, 무슨 어처구니없는 말씀을……. 게다가 담 공자는 이미 정혼자까지 있는 몸이 아닙니까……."

조금은 누그러진 목소리로 해륜이 말끝을 흐렸다.

"이 녀석아! 원래 영웅은 삼처 사첩을 거느리는 법이니라. 흠, 물론 담가 녀석이 조금 모자라 보이기는 하지만,

그래도 무벌십주의 후계자가 아니냐. 그 정도는 흉이 될 것이 없다!"

해륜의 눈동자에 슬픈 기운이 맺혔다.

"그렇다 해도 담 공자는 저를 좋아하지 않습니다……."

"흥! 그 녀석이 좋아하는 사람이 있기나 하더냐? 정혼자인 천 소저를 대하는 것도 마치 소가 닭보듯 하지 않더냐?"

해명의 말을 듣고 보니 천혜린과 담천의 관계가 무척이나 기묘해 보였다.

정혼한지 삼 년이 훌쩍 지났는데도, 아직 혼례를 올리지 않는 것도 그랬고, 천혜린을 대하는 담천의 태도가 항상 싸늘한 것도 이상했다.

툭!

그때, 해명이 상념에 빠진 해륜의 어깨를 때렸다.

"제발 그런 표정 좀 하지 마라! 좀 더 자신감을 가지고, 적극적으로 덤벼들란 말이야! 너처럼 예쁜 소저가 자꾸 들이대는데, 어떤 사내놈이 흔들리지 않을까!"

해륜의 눈동자가 흔들렸다.

'정말 그럴까…….'

해륜은 고개를 돌려 의창이 있는 방향을 바라봤다.

담천은 일단 천씨상단으로 향했다.

자신이 벌써 돌아왔다는 것을 밝힐 수 없는 상황이었다.

당분간은 정체를 숨겨야 했다.

천씨상단은 어차피 모두 천혜린의 충복들이었기에 비밀이 새어 나갈 일은 없었다.

진마를 잡는 일에 대해 상의하기 위해 담천과 천혜린이 마주 앉았다.

"망원과 싸운 녀석이 제갈세가 사건을 일으킨 놈일 가능성이 높겠군."

"그럴 거예요. 아이의 모습을 했다는 것도 그렇고, 실체가 없이 다른 자의 몸을 빌어 은밀히 움직이는 것 역시 제갈세가 사건을 일으킨 진마의 행태와 닮은 점이 있어요."

"그렇다면 제갈세가부터 살펴봐야겠군."

"아무래도 그게 좋겠지요."

모든 사건이 제갈세가에서 일어났고, 피해자들 역시 모두 제갈세가의 아이들이었다.

정황상 놈이 제갈세가의 인물의 몸에 들어가 있을 확률이 높았다.

게다가 망원에게 받은 진향추도 제갈세가가 있는 방향을 가리키고 있었다.

물론, 망원에게 모습을 들킨 뒤라 다른 곳으로 움직였을 가능성도 배제할 수는 없었지만, 진향추가 가리키는 방향으로 움직이다 보면 결국엔 놈을 찾을 수 있을 것이다.

사실, 망원이 못마땅하기는 했으나 진향추를 얻은 것이 진마를 찾는 데 큰 도움이 되는 것만은 분명했다.

"되도록이면 놈이 회복하기 전에 서둘러 움직이는 것이 좋겠군."

"그렇지요. 오늘은 배력공을 사용할 수 없으니, 내일 움직이도록 하는 게 좋겠어요. 아무리 부상을 당했다고는 하지만 상대가 진마인 이상 여유를 부릴 수 없는 상황이니까요."

배력공은 오직 하루에 한 번만 쓸 수 있었다.

이미 염마와의 대결에서 사용한 이상, 오늘 중으로 다시 술법을 펼지는 것이 불가능한 것이다.

자신이 가진 강력한 무기 하나를 버리고 상대할 수 있을 정도로 진마라는 존재가 호락호락하지 않다는 것을 담천 역시 잘 알고 있었다.

"그렇다면 내일 밤에 움직이는 걸로 하지."

아무래도 함부로 모습을 드러낼 수 없는 담천의 입장에선 낮보다는 밤이 나은 것이 사실이었다.

"그게 좋겠군요. 그럼 그동안은 편히 쉬면서 체력을 비축하도록 하세요. 혹시 필요한 게 있으면 언제든지 저를 부르세요."

천혜린이 의미를 알 수 없는 묘한 미소를 말했다.

담천은 코웃음을 치고는 자리에 누웠다.

재미있다는 듯 크게 한 번 웃은 천혜린이 담천의 방을 떠나갔다.

☯

자금성 만귀비의 처소.

"귀비의 말대로 혈천이라는 무뢰배 놈들은 역도의 무리들이었소. 감히! 짐의 백성들을 함부로 살해한 것도 모자라 황명을 어기고 달아나 버렸소이다!"

헌종이 분노한 얼굴로 목소리를 높였다.

"폐하. 너무 노여워 마시어요. 어리석고 무지한 자들이 황상의 지엄하신 명에 지레 겁먹고 달아난 것뿐이에요."

만귀비가 황제의 귓불에 뜨거운 입김을 불어넣으며 말했다.

속이 훤히 비치는 나삼을 걸치고 있는 탓에 그녀의 아름다운 육신이 그대로 적나라하게 드러났다.

황제는 순간 정신이 몽롱해지며 욕정이 끓어오르는 것을 느꼈다.

"귀비……."

얼굴이 붉게 달아오른 황제가 탐스러운 귀비의 가슴을

움켜쥐었다.

"아……."

귀비의 붉은 입술 사이로 교성이 흘러나왔다.

황제의 손이 점점 아래쪽으로 내려오고, 귀비의 미끈한 두 다리가 황제의 허리를 감쌌다.

두 사람의 열기에 방 안의 공기가 점점 뜨거워졌다.

순간, 귀비의 눈이 차갑게 빛났다.

'응?'

갑자기 귀비가 몸을 일으켰다.

"무슨 일이더냐?"

황제가 놀라 귀비를 바라보았다.

"황상, 이제 그만 주무시지요."

이전과는 다른 무표정한 얼굴로 귀비가 말하자 황제의 눈동자가 흐릿해지며 움직임을 멈췄다.

마치 이지를 잃은 듯 멍하니 허공만 바라볼 뿐이었다.

"그…… 래……. 이제 그만 자야지……."

황제가 초점이 전혀 없는 눈으로 어눌하게 말했다.

곧이어 침상에 누운 그가 그대로 잠들어 버렸다.

귀비는 아무 일도 없었다는 듯 침상에서 일어나 방구석의 장식장으로 다가갔다.

"흑웅과 진혼이 죽어? 혼마가 움직인 것인가?"

그녀의 아름다운 이마에 길게 주름이 생겨났다.

"혼마를 건드릴 정도로 멍청한 놈들이 아닌데……."

아무리 생각해도 이해할 수 없는 일이었다.

두 녀석이 욕심이 많기는 했으나 제 무덤을 팔 정도로 어리석지는 않았다.

무슨 일이 생긴 것인지 도무지 짐작할 수가 없었다.

일단은 정보를 얻는 것이 중요했다.

'아무래도 풍현자를 다시 움직여야겠군!'

모산파라면 아무런 의심 없이 의창에서 움직일 수 있다.

정확한 정보를 확인하기 위해서는 그 방법이 최선이었다.

만일 자신이 보낸 두 마귀가 혼마에게 당한 것이 아니라면 의창에 또 다른 변수가 생겼다는 이야기였다.

무벌에 자리를 잡고 있는 여우 놈의 수하들이 움직였을 수도 있으나, 그럴 확률은 매우 낮다.

비슷한 수준의 마귀들끼리는 서로를 감지하기가 쉽지 않기 때문이다.

게다가 진혼과 흑웅은 은밀한 움직임에 특화된 마귀들이다.

다른 마귀들에게 움직임을 들킬 가능성은 매우 낮았다.

'설마 또 다른 진마가?'

자신이 알지 못하는 진마가 등장했다면 일이 재미있어진다.

'여우 놈이 골치 좀 아프겠군.'

귀비의 얼굴에 의미심장한 미소가 걸렸다.

잘하면 이번에야말로 그동안의 균형이 깨어질지도 몰랐다.

균형이 깨어지게 되면 중원은 피에 잠길 것이다.

'정보가 필요해!'

잘만 이용하면 그녀에게는 기회가 될 수도 있었다.

상황을 제대로 파악하고 한 치의 오차도 없이 움직여야 했다.

'일단은 풍현자의 능력을 믿어 보는 수밖에 없는 것인가?'

미간을 찌푸리던 귀비가 갑자기 자리에서 일어났다.

"아니야! 아무래도 내가 직접 움직여야겠어. 그래야 변수들에 즉시 대응할 수 있어!"

결심이 선 듯, 귀비의 눈에서 안광이 번뜩였다.

그녀가 묘한 미소를 머금은 채 침상에 누워 있는 황제를 향해 걸음을 옮겼다.

☯

다음 날 의식을 되찾은 풍영에 의해 염마의 시신이 발견되었다.

그것은 모두에게 상당한 충격이었다.

화경 고수인 풍영조차 제대로 상대하지 못했던 염마를 대체 누가 죽였단 말인가.

어떤 이들은 서문세가에 나타났던 두 괴물 중 하나의 짓일 것이라고 생각했고, 진가장 사건을 일으킨 정체불명의 괴인의 짓이라는 이들도 있었다.

하지만 모두 추측에 불과했다.

분명한 것은 염마를 죽인 존재가 마귀들을 쉽게 죽일 정도로 강력한 힘을 지녔다는 사실이었다.

만일 그가 무벌의 적일 경우 염마보다도 더 큰 위협이 될 것이 틀림없었다.

게다가 서문세가에 나타난 정체불명의 두 괴물 역시 염마 못지않은 힘을 가지고 있었다.

각 가문들은 불안 속에 떨며 경계를 강화할 수밖에 없었다.

물론, 그렇다고 괴물들을 막아 낸다는 보장도 없었으나, 그들로서는 그것이 할 수 있는 최선이었다.

그날 밤 삼경 무렵 천씨상단을 빠져나온 담천은 은밀하게 제갈세가로 향했다.

담천은 진향추를 꺼내 자신의 피를 한 방울 떨어뜨렸다.

우우우웅!

진양추가 낮게 울며 진동하기 시작했다.

위이이이잉!

빠르게 원을 그리며 회전하던 추가 서서히 허공으로 떠오르더니 어느 순간 한쪽 방향을 가리켰다.

'제갈세가 쪽이군!'

예상대로 놈이 제갈세가에 있다는 이야기였다.

담천은 추가 가리키는 방향으로 쏜살같이 신형을 날렸다.

염마의 기운을 흡수한 탓인지 어느새 움직이는 속도가 더욱 빨라져 있었다.

놀랍게도 제갈세가에 도착하기까지 고작 숨 몇 번 들이마실 시간밖에 걸리지 않았던 것이다.

제갈세가에 도착한 담천은 일단 조심스럽게 추의 방향을 다시 한 번 확인했다.

추는 제갈세가 안쪽을 향해 솟아오른 상태였다.

아무래도 장원 뒤쪽에 놈이 있을 확률이 높았다.

잠시 멈춰 섰던 담천의 신형이 어둠속으로 사라졌다.

이제부터는 신중하게 움직여야 했다.

자칫 소란이라도 일어나면 놈이 달아나거나 더 깊숙이 숨어 버릴 수 있었기 때문이다.

제갈세가의 장원 역시 어제 일로 인해 경계가 삼엄했다.

장원 전체를 횃불이 환하게 밝히고 있었고, 촘촘한 간격
으로 무사들이 배치되어 경계를 서고 있었다.

하지만 담천에게는 그다지 문제가 되지 않았다.

지금 같은 밤에 일반 무사들이 암혼기를 사용하는 담천
의 기척을 알아차리기란 거의 불가능했기 때문이다.

담천의 신형이 무사들 사이로 미끄러져 가는데도, 그것
을 알아차리는 이들은 한 사람도 없었다.

장원 안쪽으로 움직이던 담천의 신형이 어느 순간 멈췄
다.

담천의 시선이 자신의 오른손을 향했다.

진향추의 각도가 비스듬하게 변해 있었다.

'근처에 놈이 있군!'

진향추는 좌측의 작은 전각을 가리키고 있었다.

그다지 높지 않은 담으로 둘러싸인 전각은 불이 꺼진 상
태였다.

담천은 감각을 끌어 올려 전각 안의 기척을 살폈다.

암혼기가 삼 단계를 넘어서면서 그의 감각도 전보다 몇
배 날카로워진 상태였다.

전각에서는 아무런 인기척도 느낄 수 없었다.

하지만 어딘지 모르게 담천의 기분을 자극하는 혼탁한
기운이 전각 전체를 감싸고 있었다.

'이 이상한 기운은 뭐지?'

마귀들에게서 뿜어져 나오는 것과는 다른 묘한 기운이었다.

담천은 조심스럽게 전각으로 접근했다.

전각으로 접근할수록 진향추가 가리키는 방향은 땅을 향하고 있었다.

그것은 바로 전각이나, 지하에 놈이 있다는 이야기.

담천은 최대한 신중하게 걸음을 옮겼다.

아무리 부상을 당했다고는 해도 진마였기 때문이다.

염마의 기운을 흡수했다고는 하지만, 자신이 얼마나 강해졌는지 확실치 않았다.

게다가 망원의 말을 절대적으로 신뢰할 수도 없었다.

만일 놈의 부상이 망원의 말처럼 심각하지 않다면 위험한 싸움이 될 것이다.

담천이 막 전각의 담을 넘어서는 순간이었다.

쉬이이이아—

끈적끈적한 기운이 담천을 감싸더니, 갑자기 주변이 암흑으로 변했다.

"키키키, 걸려들었구나! 혹시나 해서 흡정마환진(吸精魔幻陳)을 펼쳐 놓았는데. 요마놈이 주제도 모르고 나대더니 꼴좋다!"

그때, 기괴한 웃음소리와 함께 멀리 암흑 속에서 두 개의 혈광이 나타났다.

혈광은 서서히 담천에게 다가왔다.

"응? 이무기 놈이 아니네?"

다가오던 혈광이 담천의 모습을 확인하고는 멈칫했다.

"이익! 요마놈을 잡으려 펼쳐 놓은 술법에 엉뚱한 녀석이 걸렸구나! 이런 버러지 같은 놈!"

혼마가 분노해 소리쳤다.

흡정마환진은 환상과 감각의 왜곡을 통해 대상자의 이지를 어지럽히고 그 힘을 흡수하는 술법이다.

망원의 실력이 만만치 않음을 느낀 혼마가 만일 망원이 자신을 추격해 올 경우를 대비해 설치해 놓은 회심의 한 수였던 것이다.

혼마는 이 술법을 펼치기 위해 그러지 않아도 온전치 않은 몸으로 제법 많은 진력을 소비한 상태였다.

한데, 엉뚱한 녀석이 술법에 걸려 버린 것이다.

지금의 혼마로서는 다시 술법을 펼칠 여력이 없었다.

만일 이럴 때 망원이라도 나타난다면 몹시 위험했다.

상당한 손해를 감수하면서 준비한 계책이 모두 허사가 되어 버렸으니, 혼마로서는 당연히 분노할 수밖에 없었다.

게다가 흡정마환진은 아무나 걸리는 술법도 아니었다.

최소한 상급 마귀들이나 화경을 넘어선 고수들에게만 반응하는 술법이었다.

정마대전으로 인해 현재 제갈세가에는 화경 고수가 남아 있지 않은 상황이다.

한마디로 이곳까지 와서 흡정마환진에 걸릴 존재는 또 다른 진마나 아니면 망원밖에 없는 것이다.

순간, 혼마의 생각이 멈췄다.

"가만! 그렇다는 것은 놈이 최소한 화경을 넘어섰다는 이야긴데? 키키키키……!"

한 쌍의 혈광이 일렁거리며 괴소가 흘러나왔다.

담천에게서 풍겨지는 기운을 보아 마귀나 진마는 절대 아니었다.

그렇다는 것은 최소한 화경을 넘어선 고수라는 이야기였다.

만일 상대가 인간 화경 고수라면 제법 많은 기운을 흡수할 수 있었다.

그렇게 되면 자신의 회복 속도가 훨씬 빨라질 것이다.

"그래, 어차피 이렇게 된 거 네놈의 정기라도 흡수해야겠구나! 키키키키키키!"

우우우우웅!

순간, 혈광이 짙어지며 주변의 공간이 진동하기 시작했다.

한편, 담천은 갑작스런 상황에 당황했다.

'뭐지?'

마치 주변의 모든 것이 사라진 것처럼 아무것도 보이지 않았다.

게다가 몸은 마치 허공에 떠 있는 듯 발밑에 느껴지는 것이 전혀 없었다.

파파파팟!

그때, 암흑 속에서 희미한 빛을 내뿜는 주먹만 한 구체들이 허공에 생겨났다.

구체들은 점점 늘어나 사방의 공간을 빽빽하게 메웠다.

위이이이잉!

그 숫자가 백여 개를 넘기는가 싶더니, 구체들이 움직이기 시작했다.

허공에 떠 있던 다섯 개의 구체가 담천을 향해 서서히 다가왔다.

담천은 신중하게 구체들의 움직임을 살폈다.

정체를 알 수는 없었으나, 갑자기 들이닥친 암흑이나 여러 가지 정황을 생각해 보았을 때 이곳에 숨은 진마가 만들어 낸 것일 가능성이 높았다.

그렇다면 분명 위험한 물건일 터.

담천은 재빨리 천령검을 뽑았다.

사방에서 몰려오고 있는지라 피하기는 쉽지 않았기에 검으로 쳐 내거나 파괴하려는 것이다.

수상한 구체가 막 몸에 닿으려는 순간 천령검이 움직였다.

번쩍!

섬광과 함께 천령검의 궤적을 따라 두 개의 구체가 터져 나갔다.

"엇!"

하지만 그 다음 드러난 결과에 담천은 자신도 모르게 헛바람을 켜고 말았다.

구체와 부딪힌 천령검의 길이가 반으로 줄어 버린 것이다.

그것은 놀랍게도 구체와 부딪혔던 부분이 흔적도 없이 사라져 버렸다.

'이게 어떻게 된 거지?'

놀란 담천이 주춤거리며 뒤로 물러섰다.

하지만 이미 뒤쪽에도 구체들이 빽빽이 들어차 있었다.

담천의 표정이 딱딱하게 굳었다.

천령검은 보통 검이 아니다.

탕마검이기에 마기와 사기에는 천적과도 같이 강력한 힘

을 발휘한다.

게다가 암혼기까지 서려 있는 상태였는데, 구체들은 그런 천령검의 날을 너무도 쉽게 사라지게 만들었다.

만일 구체들이 담천의 육신과 부딪히게 된다면 그 결과는 자명했다.

이제 모든 구체들이 담천을 향해 하나둘씩 다가오고 있었다.

그 움직임은 너무도 느렸으나, 사방이 막혀 피할 수가 없었다.

담천은 암혼기를 끌어 올렸다.

우우우우웅!

암혼기가 담천의 몸 주위를 감싸며 일종의 호신강기를 형성했다.

푸욱!

하지만 놀랍게도 구체들은 암혼기의 벽을 아무런 저항도 없이 통과해 버렸다.

'이게 대체!'

도무지 이해할 수 없었다.

혈마조차도 물러서게 했던 암혼기다.

선기가 섞여 있기에 마귀들에게는 치명적인 기운이었다.

그런 암혼기마저 아무런 타격도 주지 못한다면 담천으로

서는 그야말로 아무런 대책이 없는 것이다.

그때 구체 하나가 담천의 팔에 닿았다.

퍽!

"크아아아악!"

구체와 접촉한 부분이 터져 나가며 동시에 어마어마한 고통이 담천을 덮쳤다.

하지만 그것은 시작에 불과했다.

곧이어 또 다른 구체가 담천의 다리와 옆구리에 부딪혔다.

퍽! 치익!

구체와 부딪힌 담천의 육신이 터지거나 사라지며 이제껏 겪어 보지 못한 극심한 통증이 몰려왔다.

팔, 다리, 몸통 어디 할 것 없이 수많은 구체들과 충돌해 점점 사라져 갔다.

결국 담천의 머리 한쪽이 구체에 의해 날아갔다.

'크으으……. 다시 한 번 죽는 것인가…….'

어이없는 일이었다.

염마의 기운까지 흡수한 담천이 이렇게 맥없이 당하다니 도무지 이해할 수 없는 일이다.

게다가 상대는 부상까지 당한 상태였다.

'겨우 술법 따위에……!'

담천은 분노가 이는 것을 느꼈다.

이미 타격을 받은 상태의 서문유향이 이번 죽음으로 인해 또다시 충격을 받는다면 무슨 일이 일어날지 알 수 없었다.

턱과, 오른쪽 눈, 정수리마저 사라지고, 마침내 모든 육신이 터져 나가거나 흔적도 없이 사라져 버렸다.

담천은 모든 것을 포기한 채 부활을 기다렸다.

하지만 시간이 지나도 아무런 변화가 일어나지 않았다.

"크으으으…… 어째서?"

이미 육신이 사라졌음에도 암흑과 지독한 통증은 사라지지 않고 있었던 것이다.

분명 자신의 육신은 이미 사라진 뒤였다.

그렇다면 불사의 육신이 가진 부활의 권능으로 인해 천혜린의 방에서 다시 새 육신으로 깨어나야 했다.

한데 아직도 그 암흑 공간 속에서 떠 있는 것이다.

'게다가 이미 육신이 사라졌는데, 어떻게 사방을 볼 수 있는 것이지?'

담천은 의문을 느꼈다.

자신이 혼백의 상태란 말인가?

그것은 불가능했다.

자신의 혼은 지금 서문유향의 몸 안에 있었기 때문이다.

'크으윽……'

지독한 통증은 담천의 머릿속을 더욱 혼란스럽게 만들었다.

'가만! 혹시, 환영?'

자신이 진정 죽었다면 천혜린의 집에서 부활해야 했다.

한데, 그대로 암흑 공간에 머물고 있다는 것은 자신이 죽지 않았다는 이야기다.

육신이 사라졌는데 죽지 않을 리가 없었다.

게다가 천령검과 암혼기가 그렇게 쉽게 무너진 것도 수상했다.

천혜린이 이야기하기를 진마들 중 혈마가 가장 강하다 했다.

그러한 혈마조차도 놀라게 했던 암혼기다.

지금 상대하는 녀석이 아무리 강하다 한들 암혼기를 그토록 쉽게 무력화시킬 수는 없었다.

'이것이 환영이라면!'

담천은 의식을 집중했다.

환영이라기엔 너무도 생생했지만, 만일 이 모든 것이 담천의 감각을 속이는 환영에 의한 것이라면 느껴지는 고통 역시도 가짜일 가능성이 높았다.

지이이잉!

담천은 암혼기를 더욱 끌어 올렸다.

그리고 명륜안을 시전 했다.

마귀의 진체를 꿰뚫어 볼 수 있는 명륜안.

그렇다면 환영술 역시 간파할 수 있을 것이 분명했다.

화아악!

암혼기가 양쪽 눈에 주입되는 순간, 칠흑 같던 암흑이 사라지고 주변의 풍경이 드러났다.

'됐다!'

담천이 서 있는 곳은 전각의 담장 바로 앞마당이었다.

담천의 몸 주위에는 끈적거리는 검은 기운이 둘러싸고 있었고, 그 앞쪽 허공에 한 쌍의 혈광이 보였다.

'놈이군!'

담천의 눈에서 불꽃이 일었다.

혈광의 주인이 바로 자신이 잡으려는 진마일 것이기 때문이다.

"키키키키, 제법이구나! 환영을 벗어나다니. 하지만 이미 늦었다. 네놈의 기운을 마음껏 먹어 주마! 키히히히!"

순간, 혈광으로부터 검은 연무가 일어나 담천을 향해 날아왔다.

슈우우우욱!

얼핏 보아도 예사롭지 않은 연무였다.

담천은 즉시 암혼기를 끌어 올렸다.

우우우우웅!

끼이이이이이!

검은 연무가 암혼기와 부딪히며 귀를 찢는 괴음을 토해
냈다.

파치치치칙!

불에 닿은 물이 증발하듯 담천의 암혼기와 만난 연무가
허공으로 흩어졌다.

하지만 흩어지는 연무보다 담천을 향해 몰려드는 연무의
양이 배로 많았다.

결국, 얼마 지나지 않아 담천의 신형은 검은 연무에 완
전히 뒤덮어 버렸다.

스스스스스!

연무들은 끈적한 기운과 섞이며 담천의 육신을 옭아맸
다.

"크윽!"

온몸을 두껍게 둘러싼 연무로 인해 움직이기조차 쉽지
않았다.

'역시, 진마라는 건가?'

예상대로 상대는 호락호락하지 않았다.

하지만 담천 역시 염마의 기운을 흡수하면서 그만큼 더
강해진 상태였다.

'일단, 이 괴상한 연무부터 처리해야겠군.'

담천은 끈적한 기운과 연무의 압박을 버티며 천천히 천령검을 뽑아 들었다.

삭풍소월을 시전 해 연무를 흩어 버리려는 것이다.

우우우웅!

암혼기가 주입되자 천령검의 검신이 낮게 울음을 토해 냈다.

슈우우우웅!

동시에 검 끝을 중심으로 기의 회오리가 생겨나 연무를 빨아들였다.

풍운십이검 제 칠 초 삭풍소월이 펼쳐진 것이다.

콰콰콰콰콰!

기의 소용돌이에 휩쓸린 연무들이 갈가리 찢겨져 흩어졌다.

"흑무를 소멸시키다니!"

혼마의 놀란 목소리가 들려왔다.

흡정마환진에 걸린 대상자에게서 정기를 흡수하는 역할을 하는 것이 바로 흑무였다.

흑무가 몸에 닿지 않는다면 담천의 정기를 흡수할 수 없는 것이다.

게다가 흑무(黑霧)를 소멸시킬 정도라면 상대의 능력이 망원이나 자신 못지않다는 이야기였다.

인간이 그 정도 능력을 가지려면 경지가 현경을 넘어서

야만 가능했다.

현경을 넘어섰다는 것은 진마와도 필적할 만한 능력을 가진 자라는 이야기.

하지만 강호에서 서문광천 외의 인간이 현경을 넘어섰다는 이야기는 들어 본 적이 없었다.

유일하게 서문광천과 맞설 수 있는 존재라 일컬어지는 혈마는 어차피 인간이 아니었기 때문이다.

그렇다면 대체 상대의 정체가 무엇이란 말인가.

"키키키키! 현경을 넘어섰다 해도 상관없다! 어차피 흡정마환진에 걸려든 이상 결국에는 정기를 빨리다 죽게 될 것이다!"

혼마는 곧 쓸데없는 의문을 접었다.

상대가 진마급의 능력을 지니고 있다 해도 흡정마환진의 도움을 받는 이상 자신에게 유리한 상황이다.

"어디 더욱 발악해 보거라!"

스으윽!

순간, 담천의 발밑에서 검은 그림자들이 스멀거리며 솟아올랐다.

"엇!"

놀란 담천이 급히 천령검을 휘둘렀다.

퍼억! 퍽!

그림자들이 암혼기가 담긴 천령검에 맞아 하나둘 터져

나갔다.

하지만 그때 다시 한 번 검은 연무가 담천을 덮쳤다.

쉬이이익!

방금 전의 몇 배는 되어 보이는 엄청난 양의 연무가 담천을 감싸며 회오리쳤다.

담천이 다시 한 번 삭풍소월을 펼쳤으나 연무를 잠시 엷어지게 했을 뿐 아까처럼 소멸시킬 수는 없었다.

콰콰콰콰콰!

담천을 중심으로 반경 오 장 정도의 공간을 연무의 회오리가 먹어 치웠다.

회오리에 휩쓸린 전각의 앞부분이 삽시간에 부서져 나갔다.

하지만 상당한 소란에도 불구하고 제갈세가의 무사들은 모습을 보이지 않았다.

아마도 흡정마환진이 바깥쪽과 진 안쪽을 차단하고 있는 듯했다.

쉬아아아악!

회오리 속에서 수십 줄기의 연무가 마치 채찍처럼 솟구쳐 담천을 향해 돌진했다.

파파파파팡!

담천은 쉴 새 없이 천령검을 휘둘렀다.

천령검의 궤적에 실린 연무는 엷게 흩어졌다.

그럼에도 불구하고 곧바로 그곳을 또 다른 연무가 메워 버렸다.

게다가 연무에만 신경 쓸 수도 없는 것이 아래쪽에서는 정체불명의 검은 그림자가 담천의 다리를 옭아매려 하고 있었다.

스으윽!

다섯 개 정도의 그림자가 동시에 담천의 다리를 노렸다.

담천은 즉시 암혼기의 벽을 펼쳐 그림자의 접근을 막았다.

치이익!

암혼기와 부딪힌 그림자들이 연기가 되어 사라졌다.

하지만 그림자에 신경을 쓰는 사이 두 줄기의 연무를 놓치고 말았다.

푸욱!

천령검을 피해 낸 연무들이 담천의 몸을 파고들었다.

마치 물이 스며들 듯 연무는 담천의 육신으로 들어가 버렸다.

"크윽!"

참을 수 없는 통증이 담천의 온몸을 마비시킴과 동시에 천령검도 움직임을 멈췄다.

그 틈을 타 나머지 연무들마저 담천의 몸을 뚫고 들어왔다.

파파파파팍!

수십 줄기의 연무가 담천의 몸에 꽂혔다.

"키키키키! 드디어 걸렸구나!"

혼마가 회심의 미소를 날렸다.

슈아아아악!

연무들은 곧바로 담천의 기운을 빨아들였다.

'크윽! 이런!'

암혼기가 빠른 속도로 빠져나가는 것을 느낀 담천이 급히 기운을 갈무리하려 했으나, 아무런 소용이 없었다.

'젠장!'

상대는 염마와는 차원이 다른 능력을 가지고 있었다.

물론, 염마가 뇌옥에서 오랜 시간 지내면서 많은 힘을 잃었다는 사실을 담천은 알지 못했다.

기운들이 둑 터진 물살처럼 밖으로 빠져나감에도 담천은 아무것도 할 수 없었다.

담천의 기운을 빨아들인 연무 줄기들이 점점 부풀어 올랐다.

"키히히히히! 생각보다 더 많은 기운이로구나!"

혼마는 담천의 기운이 생각했던 것보다 훨씬 많자, 기쁨을 감추지 못했다.

그 기운들을 자신이 취하게 되면 망원 따위는 상대도 되지 않을 것 같았다.

잘하면 혈마와도 겨뤄 볼 수 있을 것이다.

그때였다.

부우우욱!

점점 부풀어 오르던 연무 줄기들이 갑자기 뒤틀리기 시
작했다.

구구구구!

동시에 연무 곳곳이 종기처럼 솟아오르고, 암혼기를 빨
아들이는 속도도 현저히 늦어졌다.

드드드드!

곧이어 진이 지진이 난 것처럼 흔들렸다.

"이, 이게 무슨 일이지!"

혼마가 갑작스러운 상황에 당황해 소리쳤다.

마치 소화 불량에라도 걸린 것처럼 연무들이 꿈틀대고
있었다.

극한의 통증에 정신이 혼미해져 가던 담천은 갑자기 암
혼기가 빨려 나가는 속도가 늦춰지는 것을 느끼고 주변 상
황을 확인했다.

자신의 몸에 틀어박힌 연무들이 뒤틀리며 그 형체가 일
그러지고 있었다.

'크윽…… 어찌 된 건가?'

게다가 진 자체가 불안하게 흔들리고 있었다.

'무언가 문제가 생긴 것이 분명하다…… 혹시!'

담천의 머릿속에 하나의 생각이 떠올랐다.

일전에 혈마의 분신과도 이런 경우가 있었다.

암혼기가 파고들어 혈마의 술법을 깨뜨린 것이다.

그렇다면 이번 상황도 암혼기 때문임이 틀림없었다.

암혼기에 섞인 선기가 아마도 놈의 술법에 영향을 미치고 있음이 분명했다.

'그렇다면!'

담천은 즉시 정신을 차리고 배력공을 시전 했다.

배력공을 시전 하게 되면 순간적으로 훨씬 많은 양의 암혼기가 발출될 것이다.

지금도 이 정도 타격을 줄 수 있다면, 배력공을 사용하면 흡정마환진을 부술 수 있으리라.

우우우우웅!

배력공이 시전 되면서 암혼기의 양이 두 배로 늘었다.

슈우우우욱!

담천은 늘어난 암혼기를 오히려 연무를 통해 진에 주입했다.

퍼엉! 콰쾅!

막대한 양의 암혼기가 쏟아져 들어오자 그러지 않아도 잔뜩 부풀어 올랐던 연무 줄기들이 그 힘을 이기지 못하고 터져 나갔다.

쿠르르르릉!

쩌어어억!

동시에 마치 천둥이 치는 듯한 굉음과 함께 흡정마환진
에 균열이 생겨나기 시작했다.

"이, 이럴 수가! 대체 어떻게!"

혼마의 혈광이 흔들렸다.

흡정마환진이 깨지려 하다니 믿을 수 없는 일이었다.

게다가 담천에게서 뿜어져 나오는 막강한 기운은 또 무
엇이란 말인가.

"크으으으! 실력을 숨겼구나!"

배력공을 모르는 혼마로서는 담천이 자신을 가지고 논
것으로 생각할 수밖에 없었다.

"이익!"

허공에 핏빛 안개가 생겨났다.

이대로 흡정마환진이 깨진다면 담천의 기세를 볼 때 자
신에게 승산이 없음을 느낀 혼마가 자신의 실체를 드러낸
것이다.

아직 담천이 진을 벗어나지 못했을 때 자신이 직접 공격
하려는 속셈이었다.

"키이이익! 이놈!"

키이이이이잉!

귀를 찢는 굉음과 함께 핏빛 안개가 담천을 덮쳤다.

핏빛 안개가 자신을 향해 돌진하는 것을 확인한 담천의 얼굴이 일그러졌다.

연무들은 터져 나갔으나 다리를 붙잡고 있는 그림자들 때문에 아직 움직임이 방해를 하고 있었기 때문이었다.

이대로는 핏빛 안개에 고스란히 노출될 수밖에 없을 것이다.

암혼기로 호신강기를 펼칠 수도 있었으나, 그렇게 하기 위해서는 진을 부수는 일을 중단해야 했다.

현재 담천은 흡정마환진으로 인해 제법 많은 피해를 입은 상태.

이 기회를 놓치면 다시 진을 부술 힘을 끌어모을 수 있으리란 보장이 없었다.

위험을 감수하더라도 기회가 왔을 때 어떻게 해서든 흡정마환진을 파괴해야 했다.

이를 악문 담천은 물러서지 않고 암혼기를 최대한으로 끌어 올린 후 단숨에 사방으로 방출했다.

화아아악!

암혼기가 터져 나오며 기의 폭발이 일어났다.

"크으윽! 이, 이게 뭐야!"

마치 폭풍처럼 사방을 덮치는 암혼기에 혼마도 잠시 주춤했다.

구우우웅!

막대한 암혼기가 흡정마환진의 결계에 부딪히며 진이 크게 진동했다.

드드드득!

동시에 진 전체로 균열이 퍼져 나갔다.

"이, 이런!"

혼마가 다급히 소리쳤으나, 그가 할 수 있는 일은 아무것도 없었다.

쩌저적!

콰아아아아앙!

폭음과 함께 흡정마환진이 터지며 담천의 발을 묶던 그림자들도 연기처럼 사라져 버렸다.

갑작스런 기운의 소모로 휘청이던 담천은 지체하지 않고 혼마의 본체인 핏빛 안개를 향해 천령검을 휘둘렀다.

통증으로 삐걱거리는 육신은 금방이라도 부서질 듯 위태로웠으나, 지금은 그것을 신경 쓸 여유조차 없었다.

배력공의 효력이 남아 있는 동안 서둘러 혼마를 없애야 했기 때문이다.

"키이이익! 이놈!"

혼마 역시 분노에 차 담천을 향해 돌진했다.

혼마의 본신은 일종의 기의 응집체라고 볼 수 있었다.

해서 물리적인 공격으로는 아무런 타격을 줄 수가 없었다.

혼마로서는 자신을 향해 검을 휘두르는 담천을 비웃을
수밖에 없었다.

"어리석은 놈! 케케케!"

핏빛 연무가 담천을 덮치려는 순간 천령검 끝에서 암혼
기가 소용돌이 쳤다.

삭풍소월이 펼쳐진 것이다.

콰콰콰콰콰!

암혼기의 회오리가 핏빛 안개와 부딪혔다.

"키아아악!"

폭이 일장이 넘어가는 암혼기의 회오리가 핏빛 안개를
갈가리 찢어발겼다.

동시에 혼마의 처절한 비명 소리가 울려 퍼지고.

혼마의 예상과는 달리 암혼기가 그의 본신을 이루는 기
운에 직접적으로 타격을 준 것이다.

"이, 이것은 선기! 끄으으으……."

그제야 담천의 기운에 섞인 선기를 알아차린 혼마가 침
음성을 흘렸다.

"크으으으…… 어떻게 이토록 짙은 선기가……."

놀라울 정도로 순수한 선기.

인간계에 이토록 완전한 선기가 존재한다는 것은 불가능
할 터.

이 정도 선기를 가지고 있다면 이미 등선을 했어야 했기 때문이다.

담천은 혼마에게 여유를 주지 않고 그대로 다시 한 번 삭풍소월을 시전 했다.

그야말로 마지막 남은 암혼기를 모두 쥐어짠 혼신의 일격이었다.

현재 담천도 너무 많은 암혼기를 소비한 상태였다.

시간을 지체하게 되면 오히려 역으로 당할 가능성이 있었기에 최대한 빨리 혼마를 해치워야 했던 것이다.

콰콰콰콰!

혼마가 미처 대응을 하기도 전에 삭풍소월이 핏빛 안개에 작렬했다.

"키이이이악!"

처음 공격으로 인해 반 밖에 남아 있지 않던 핏빛 안개가 삭풍소월에 휩쓸렸다.

암혼기와 한데 섞인 안개는 빛을 잃고 흩어져 버렸다.

이제 허공에는 희미해진 한 쌍의 혈광만 남아 있었다.

마지막 일격에 모든 것을 쏟아부은 담천이 그대로 바닥에 주저앉았다.

움직일 기력조차도 없었기 때문이다.

게다가 흡정마환진으로 인해 받은 타격도 상당했다.

"크으으……. 대, 대체…… 네놈의 정체가…… 무엇이냐……."

힘없는 목소리로 혼마가 물었다.

이미 본신을 이루는 거의 모든 기운이 소멸되어 회생 불능의 상태였다.

담천은 혼마를 무시한 채 몸을 회복하는 데 집중했다.

연무가 몸에 구멍을 뚫은 것은 아니지만, 몸 안을 여기저기 휘저어 놓은 상태.

게다가 너무 무리해서 암혼기를 쏟아 낸 터라 탈진 지경에 이르러 있었다.

"크으으으……."

혼마의 목소리가 점점 희미해지더니 결국, 한 쌍의 혈광마저 사라져 버렸다.

드디어 혼마를 잡은 것이다.

쉬이이이익!

순간, 담천의 왼쪽 가슴을 향해 어마어마한 양의 기운이 빨려 들어왔다.

'혼마의 정기인가!'

어차피 복면을 한 상태였기에 문양을 막는 비단 천을 풀어 놓은 터였다.

때문에 혼마가 죽자마자 그의 정기가 문양으로 빨려 들어오고 있는 것이다.

암혼기에 의해 본신의 기운이 소멸되었음에도 흡수되는 기운의 양은 엄청났다.

아마도 기운이 소멸한 것이 아니라 대기 중으로 흩어져 있었던 모양이었다.

암혼기와 혼마의 기운이 섞이면서 담천의 육신이 허공으로 떠올랐다.

콰아아아아!

한동안 담천을 둘러싼 채 빛을 뿜어내던 기의 고치가 섬광과 함께 퍼져 나갔다.

드러난 담천의 몸에서는 은은한 광채가 흘러나오고 있었다.

"후우……."

담천이 깊게 심호흡을 하며 눈을 떴다.

"저, 정체를 밝혀라!"

어느새 소란을 듣고 달려온 제갈세가의 무사들이 담천을 둘러싼 채 두려운 얼굴로 주춤거리고 있었다.

흡정마환진이 깨어지면서 외부와 차단하던 결계도 사라진 것이다.

담천과 혼마의 무시무시한 마지막 격돌을 확인한 제갈세가의 무사들로서는 감히 함부로 달려들 용기가 없었다.

잠시 호흡을 고른 담천은 무사들을 무시한 채 허공으로 신형을 날렸다.

"저, 저……. 놈이 달아난다!"

제갈가의 무사들이 급히 담천을 막으려 움직였지만 역부족이었다.

현재 제갈세가에 남은 무사들 중 가장 뛰어난 고수의 경지가 초절정에 불과했으니, 진마 두 명의 기운을 흡수한 담천을 잡는다는 것은 어차피 불가능한 일이었기 때문이다.

담천은 뒤도 돌아보지 않고 곧장 천씨상단으로 몸을 날렸다.

천씨상단으로 돌아오니 늦은 시간임에도 천혜린이 담천의 처소에서 기다리고 있었다.

"성공했군요! 축하해요!"

담천이 돌아온 것이 기쁜 것인지, 아니면 임무를 완수한 것이 기쁜 것인지, 천혜린의 얼굴에는 전에 볼 수 없었던 환한 미소가 어려 있었다.

담천은 왠지 그녀의 미소가 마음에 들지 않았다.

마치 꿩을 물어 온 사냥개를 향해 날리는 그것과 비슷해 보였기 때문이다.

"호호호, 무엇이 그리 못마땅한 건가요? 이제 당신은 혈마를 제외한 진마들과는 얼마든지 승부를 겨뤄 볼 수 있

을 정도로 강해졌어요. 복수를 할 수 있는 힘을 얻었으니
그대 역시 기뻐할 일 아닌가요?"

담천이 한쪽 입꼬리를 말아 올렸다.

그다지 마음에 들지는 않지만, 맞는 이야기.

초씨세가를 멸한 원흉이 진마라 해도 이제는 얼마든지
복수할 수 있는 힘을 얻었다.

양화를 이용해 원수의 정체를 알아내기만 하면 되는 것
이다.

"과연 놈이 양화에게 연락을 해 올까?"

"그런 자들은 자신이 이용할 수 있는 패를 절대 손에서
놓는 법이 없지요. 상대가 이용가치가 없어질 때까지 최대
한 단물을 빨아먹은 뒤에 마지막에는 흔적을 지울 거예요.
양화가 살아 있다는 것은 아직 이용가치가 있다는 이야기
지요. 반드시 연락이 올 거예요."

천혜린의 말이 옳았다.

놈은 머릿속에 있는 고를 이용해 언제든지 양화를 죽일
수 있음에도 아직까지 살려 두고 있었다.

그것은 곧 아직까지는 양화가 놈에게 쓸모가 있다는 이
야기였다.

그렇다면 언제고 반드시 놈이 다시 연락을 해 올 것이
다.

"이제 기다리는 일만 남았군."

담천의 눈동자가 빛났다.

"양화에게 이것을 주도록 하세요."

그때, 천혜린이 담천에게 노리개 한 쌍을 건넸다.

"이것은?"

"맞아요. 전에 당신에게 줬던 노리개와 비슷한 거예요. 단, 당신에게 준 것은 암혼기에 반응을 하는 반면, 이 노리개는 피에 반응을 해요. 하나는 당신이 갖고 다른 하나는 양화에게 주세요."

그제야 담천은 자신이 양화와의 연락 방법을 생각지 않았음을 깨달았다.

만일 아이들을 죽인 자에게서 연락이 와도 양화가 담천에게 알릴 방법이 없는 것이다.

그것을 알기라도 한 듯 천혜린이 단번에 그 문제를 해결해 준 것이다.

담천은 다시 한 번 천혜린의 주도면밀함에 한편으로는 감탄하고 다른 한편으로는 두려움을 느꼈다.

"고맙군."

솔직히 천혜린이 이렇게까지 도와줄 거라고는 생각지 못했기에 담천은 진심으로 고마움을 표했다.

"어머, 당신이 그리 말한다면 조금 서운하군요. 남도 아니고 정혼자의 복수를 위해 이 정도 도움이야 당연한 것 아니겠어요?"

장난스런 얼굴로 짐짓 눈을 치켜뜨는 천혜린의 모습에 담천은 그럼 그렇지 하며 코웃음을 쳤다.

　천혜린은 그 모습이 재미있었던지 한참을 웃다가 손을 흔들며 담천의 방을 나섰다.

4장
폭풍전야

혼마의 존재를 알지 못했던 제갈세가는 담천이 그들을 습격했다고 생각했다.

혼마가 머물던 곳은 제갈세가의 총관 제갈후의 집무실이었다.

그날 밤 사건 이후 제갈후가 사라져 버렸기에 그들은 담천이 제갈후를 죽였거나 납치했다고 여긴 것이다.

물론, 제갈후의 육신은 이미 혼마에게 장악된 상태였다.

혼마가 죽었으니 제갈후 역시 사라진 것이다.

어쨌든 이번 사건으로 인해 무벌의 가문들은 더욱 공포에 떨게 되었다.

서문세가에 이어 제갈세가마저 놈들의 공격을 받았다.

마귀들의 습격이 어느 한 가문을 노린 것이 아닌 무차별 습격일 확률이 높아진 것이다.

게다가 제갈세가를 습격한 자는 일전에 목격된 괴물들과 또 다른 존재였다.

죽은 염마를 제외하고라도 셋이나 되는 괴물들이 의창을 휘젓고 있었다.

이제는 어느 가문도 안심할 수 없는 상황인 것이다.

하지만 경계를 강화한다 해도 사실 아무런 소용이 없었다.

반 이상의 전력이 빠져나간 지금으로서는 그런 괴물들을 막을 힘도, 능력도 없었기 때문이다.

결국 각 가문들은 정도연합군에 차출된 무사들이 돌아올 날만을 마음 졸이며 기다릴 수밖에 없었다.

담천은 닷새를 더 천씨상단에서 보낸 후 담씨세가로 돌아갔다.

가주 담일명과 세가 사람들은 담천의 귀환을 미리 연락받았던 터라 그다지 놀라지는 않았다.

오히려 담천이 아무 탈 없이 무사히 돌아온 것에 기뻐하고 감사했다.

담씨세가 식솔들 역시 혼마와 염마의 출현으로 인해 불안감을 감추지 못하고 있었다.

다행히도 혼란에 휘말리지는 않았으나, 언제 다시 놈들이 나타날지 모르는 상황에서 긴장을 늦출 수 없었기 때문이다.

가족들과 인사를 나눈 담천은 자신의 거처와 산을 왔다 갔다 하며 무공 수련에 주력했다.

사실 담천에게 있어 지금 가장 중요한 것은 서문유향의 안위였다.

하지만 당장에 그가 서문유향을 위해 할 수 있는 일은 아무것도 없었기에 차라리 잡념을 떨치기 위해서는 무공에 집중하는 편이 낫다고 생각한 것이다.

게다가 풍운십이검의 나머지 초식들을 모두 대성할 수 있다면 암혼기를 사용하는 데 큰 도움이 될 것이 분명했다.

물론 풍운십이검은 구대문파나 명문세가들이 사용하는 검강을 이용하거나 심검의 묘리가 담긴 초상승 무공들에 비해서는 격이 떨어졌다.

하지만 반면 특별한 깨달음을 요하거나 내공에 대한 제한이 없는 장점도 있었다.

오히려 담천에게는 최적화된 무공이라 할 수 있으리라.

현재 담천이 무리 없이 펼칠 수 있는 초식은 제 칠 초 삭풍소월(朔風消月)까지였다.

팔 초 풍검탄섬(風劍彈閃)부터는 거리를 격하고 검기를

쏘아 내는 상승 무공들이었다.

사실 후반 오 초식은 암혼기가 두 번째 단계에 머물렀을 때는 시도조차 어려웠다.

종남산에서 해륜을 구하기 위해 억지로 풍검탄섬을 시도했을 때도 몸에 무리만 줬을 뿐 결국엔 흉내 내는 것에 그쳤다.

하지만 그때와 지금의 담천은 완전히 달랐다.

삼 단계를 돌파한 현재는 암혼기를 탄환처럼 쏘아 내는 것은 물론, 채찍이나 호신강기처럼 사용할 수도 있었기에 후반 초식들을 익히는 데도 별다른 무리가 없는 것이다.

담천이 앞으로 익혀야 할 후반 다섯 초식을 살펴보자면 먼저 팔 초식인 풍검탄섬의 경우 압축된 기운을 빠른 속도로 쏘아 내 먼 거리에 있는 상대에게 타격을 주는 초식이었다.

풍검탄섬은 그 속도와 긴 사정거리로 인해 기습이나 원거리 공격에 특히 위력을 발휘했다.

구 초 벽운소혼(霹雲消魂)은 검기를 채찍처럼 휘둘러 마치 번개가 떨어지듯 검로를 예측할 수가 없는 초식이었다.

무기나 장애물을 피해 상대를 격살할 수 있었고, 상대가 어디로 피해야 할지 감을 잡기도 어려웠기에 매우 까다로웠다.

십 초 비월첩파(?月疊波)는 초승달 같은 검기를 연달아 쏘아 내는 비기였다.

비월첩파는 일대일의 경우뿐 아니라 다수의 적을 상대할 때에도 상당한 효과를 발휘하는 강력한 초식이었다.

십일 초부터는 초식의 위력과 범위가 몇 배로 넓어졌고, 소모되는 공력 또한 어마어마했다.

십일 초 운해만천(雲海滿天)은 아침에 산봉우리 밑으로 깔린 운해처럼 시전자를 중심으로 원반 모양의 검기를 쏘아 내는 강력한 초식이었다.

운해만천이 펼쳐지면 그 반경 안에 있는 모든 적들은 검기의 원반에 의해 육신이 위아래로 분리된 채 목숨을 잃게 된다.

마지막 초식인 풍운난무(風雲亂舞)는 말 그대로 검기의 폭풍이 사방을 초토화시키는 무시무시한 무공이었다.

풍운십이검의 최후 절초답게 그 범위나 위력 면에서 앞의 다른 초식들과는 비교를 불허했다.

풍운난무에 휩쓸린 적들은 그 형체조차도 제대로 남기기 힘들었다.

물론 이 모든 것이 상대적이어서 강력한 적을 만났을 경우에는 통하지 않을 수도 있었다.

특히 검강을 구사하는 이들에게는 검기를 사용하는 풍운

십이검은 눈에 들어오지도 않을 것이다.

하지만 그것을 사용하는 이가 담천이라면 이야기가 달랐다.

그것은 담천이 일반적인 공력이나 기운이 아닌 암혼기를 쓰기 때문이었다.

삼 단계를 넘어서 더욱 강력해진 암혼기는 강기와 비교해도 결코 떨어지지 않는 위력을 가지고 있었다.

게다가 선기와 섞인 담천의 암혼기는 마귀들에게는 강기보다 더 무서운 존재였다.

만일 담천이 풍운십이검의 후반 초식을 모두 익히면 진마들에게는 가장 두려운 존재가 될 것이 분명했다.

어쨌든 이러한 이유들로 인해 담천은 서문광천과 본진이 의창으로 돌아오기까지 풍운십이검에 전념하기로 마음먹었다.

한편, 담천이 담씨세가로 돌아오기 하루 전날 공지가 돌아왔다.

말을 갈아타며 서둘러 달려온 터라 단 오 일 만에 의창으로 돌아올 수 있었던 것이다.

돌아오자마자 서문세가로 향한 공지는 염마가 죽었다는 사실과 또 다른 마귀들이 둘이나 더 있다는 이야기를 듣고도 그다지 놀라지 않았다.

이미 염마와 혼마의 존재를 알고 있었던 때문이다.

그는 뇌옥을 비롯한 사건 현장들을 돌아본 후 각 가문에 몇 가지 부적과 보구들을 나눠 줬다.

죽은 염마를 제외한 나머지 마귀들이 다시 공격해 올 경우를 대비하기 위해서였다.

만일 놈들이 모습을 보였을 때는 즉시 신호를 보내고, 공지가 갈 때까지 부적과 도구들을 이용해 시간을 끄는 식의 방법이었다.

하지만 다행일지 불행일지 마귀들은 며칠 동안 모습을 드러내지 않았다.

그리고 공지가 돌아온 지 사흘 뒤에 드디어 서문광천과 무벌의 본진이 도착했다.

감숙으로 돌아온 혈마는 고민에 빠졌다.

"갈보년이 감히!"

아무리 참으려 해도 분노가 사그라지지 않았다.

음마만 아니었다면 서문광천을 죽이고 무벌과 정천맹을 무너뜨릴 수 있었을 것이다.

게다가 서문광천은 혈마가 생각했던 것보다 훨씬 위험한

존재였다.

이번에 없애지 못했으니 앞으로 두고두고 후환거리가 될 것이다.

혹시라도 서문광천이 진마 중 하나와 손을 잡기라도 한다면 자신도 승부를 장담할 수 없었다.

"젠장! 아무래도 갈보년을 먼저 처리해야겠어."

자신을 방해한 것도 용서할 수 없는데다, 황궁과 정천맹 양쪽에 손을 뻗었다면 그 세력이 진마들 중 제일 강력했기 때문이다.

그만큼 가장 위험한 존재이기에 먼저 처리하려는 것이다.

이번 일로 인해 음마가 있는 곳이 황궁일 가능성이 높다는 사실을 알았다.

하지만 그렇다고 황궁으로 쳐들어갈 수도 없는 노릇이었다.

황궁을 치는 것이야 어려울 것이 없었으나, 만일 음마가 도망치면 헛심만 빼게 되는 것이다.

음마를 잡으려면 그녀가 알아차리지 못하도록 조용히 움직여야 했다.

"아무래도 내가 직접 황궁으로 들어가 그년을 찾아봐야겠군!"

음마는 황군을 움직일 정도로 상당한 지위를 가지고 있

을 것이 분명했다.

그러려면 황제와 가까이 있을 가능성이 높았다.

태후이거나, 황비이거나, 후궁, 시녀들 중에 하나일 것이다.

숨어서 은밀히 그들을 살핀다면 결국 찾아낼 수 있으리라.

황궁의 삼엄한 경계는 문제될 것이 없었다.

혈마가 마음만 먹는다면 어차피 누구도 그의 기척을 느끼지 못할 것이다.

"네년의 더러운 가랑이를 이 손으로 직접 찢어 줄 테니 기다리거라!"

혈마의 두 눈이 점점 붉게 변했다.

◉

의창에 도착한 무벌의 병력은 곧장 각 가문으로 흩어졌다.

가문과 식솔들의 안위가 걱정되었기 때문이다.

서문세가로 돌아온 서문광천은 불에 타 버린 장원을 보며 말을 잇지 못했다.

"크흑! 가주님 죽여 주십시오!"

서문오로가 흙바닥에 엎드려 자신들의 죄를 청했다.

하지만 서문광천은 그들을 벌할 수 없었다.

그들 정도로 염마를 막을 수 없다는 사실을 너무도 잘 알고 있었기 때문이다.

그럼에도 불구하고 염마의 손아귀에서 서문광천의 식솔들을 지켜 냈으니 오히려 칭찬받아야 마땅했다.

"일어서거라. 그대들은 최선을 다했다. 충분히 대비하지 못한 나의 실수다."

서문광천의 용서에 서문오로 세 사람은 눈물을 멈추지 못했다.

서문광천은 착잡한 표정으로 그동안 상황에 대한 보고를 들었다.

피해를 입은 것은 장원뿐이 아니었다.

가문의 식솔들과 무사들 역시 상당수가 죽고, 부상당했다.

자신이 힘들게 이룩한 세가가 한순간에 거의 반 토막이 난 것이다.

그 와중에도 가족들이 무사하다는 것은 그나마 위안거리였다.

다만 서문유향이 의식을 잃었다는 것이 걱정이었다.

이미 두 번이나 원인을 알 수 없이 쓰러졌던 그녀.

의원들조차 정확한 병명이나 이상을 밝혀내지 못하고 있으니 마음이 답답할 수밖에 없었다.

"천씨상단의 여식이 향이를 도왔다고?"

"네, 아버님. 그녀와 천씨상단 무사들의 도움이 아니었다면 결코 향이가 무사하지 못했을 것입니다."

서문동혁의 말에 서문광천이 고개를 끄덕였다.

"천씨상단이라면 담씨세가의 첫째와 정혼 관계에 있는 그 아이인가?"

"그렇습니다."

잠시 생각에 잠겨 있던 서문광천은 세가 사람들에게 이것저것 지시를 내린 후 공지와 단 둘이 자신의 처소로 향했다.

공지와 함께 자신의 방으로 돌아온 서문광천은 한동안 아무 말도 하지 않고 무거운 표정으로 앉아 있었다.

현재 그의 머릿속은 얽힌 실타래처럼 복잡하고 혼란스러웠다.

하기야 아무리 강한 정신력을 갖고 있는 그라 해도 연이은 충격에 타격을 받지 않을 수 없었다.

혈마에게 패배하고, 자신의 가문은 염마에 의해 큰 피해를 입었다.

게다가 염마 못지않은 강력한 존재가 셋이나 더 의창에 나타났다.

그가 무벌을 세운 이후 이렇듯 참담한 패배를 겪은 적이 과연 있었던가.

'왜 하필 의창, 그리고 무벌이란 말인가!'

서문광천의 얼굴이 일그러졌다.

예전의 그답지 않은 모습이었다.

계속되는 실패로 마음이 조급해지고 감정의 기복이 심해졌다.

이미 생사경을 넘어서 완전한 부동심을 이룬 그의 마음에 한 조각 균열이 일어난 것이다.

"대사는 염마를 죽인 자가 누구라 생각하시오?"

한참을 침묵하던 서문광천이 입을 열었다.

"셋 중 하나겠지요."

공지의 대답에 서문광천이 눈살을 찌푸렸다.

염마를 죽일 수 있는 존재는 같은 진마이거나 그와 필적할 수 있는 존재뿐이었다.

그렇다면 가장 유력한 대상은 서문세가에 나타났던 정체를 알 수 없는 두 괴물과 제갈세가를 습격했던 복면인, 그리고 제갈세가 아이들을 납치했던 혼마 넷 중 하나일 것이다.

염마는 서문유향을 추적하다가 죽은 것이 분명했다.

그렇지 않았다면 결코 서문유향이 살아 돌아올 수 없었을 것이다.

천씨상단 여식의 증언에 의하면 상단 무사들과 서문유향

의 호위대가 남아서 염마를 막는 사이 정신없이 달아나 서문세가로 왔다고 했다.

왜 염리목 근처의 안가로 가지 않고 서문세가로 돌아왔는지 의문이었으나, 당시 서문유향이 의식을 잃은 상태였고, 호위대는 염마를 막기 위해 뒤에 남은 상태였으니, 안가의 위치를 알 수 없었으리라.

어쨌든 그 뒤로 염마가 모습을 보이지 않았다는 것은 시간상 서문유향이 세가에 도착하기 전에 강적을 만났거나, 강적에게 목숨을 잃었음을 말해 주고 있었다.

그렇다면 그 시간에 서문세가에서 소란을 피우고 있었던 두 괴물은 제외할 수 있다.

남은 것은 혼마와 제갈세가를 습격한 복면인뿐이었다.

둘 중 하나가 염마를 죽였을 가능성이 높은 것이다.

하지만 복면인이나 혼마가 서문세가에서 소란을 피운 괴물들과 같은 존재일 확률도 생각하지 않을 수 없었다.

그럴 경우 제삼자가 있다는 이야기였다.

아마도 공지는 이 세 가지 가능성을 이야기한 것이리라.

서문광천 역시 그 사실을 알고는 있었지만, 아무런 설명도 없이 뚝 잘라 결론만 이야기하는 공지의 말투가 그다지 마음에 들지 않았다.

혈마와의 대결에서 자신을 돕지 않은 것도 거슬리고 있었다.

물론, 공지는 마귀들을 막고 있었다고 변명할 테지만, 그의 진정한 실력이라면 마귀들쯤은 쉽게 처리할 수 있었다.

만일 그때 공지가 자신을 도왔다면, 대결의 양상은 달라졌을 것이다.

'하기야 공지가 돕는다 나섰어도 내가 막았겠지…….'

두 세력의 대표로 마주한 혈마와 서문광천.

만일 공지가 끼어들었다면 오히려 서문광천을 욕보이는 일일 수 있었다.

서문광천은 쓸데없는 생각을 뒤로한 채 다시 염마의 죽음에 대한 문제로 돌아왔다.

"대사가 이야기하길 진마들은 상대의 기운을 흡수할 수 있다고 하지 않았소?"

"그렇소이다. 혈마 역시 그런 식으로 지금의 강함을 얻게 되었을 것이오."

서문광천의 얼굴에 어두운 그림자가 드리워졌다.

만일 염마를 죽인 존재가 혼마나 또 다른 진마라면 염마의 힘을 고스란히 흡수했을 것이다.

그것은 곧 제 이의 혈마가 나타날 수도 있다는 이야기였다.

혈마와 직접 상대해 본 그이기에 그것이 얼마나 큰 재앙인지 너무도 잘 알고 있었다.

"혼마도 죽었을 가능성이 있소."

갑작스런 공지의 말에 서문광천의 얼굴이 딱딱하게 굳었다.

"그게 대체 무슨 소리요?"

혼마가 죽었다니, 혼마가 어떤 존재인지조차 제대로 알지 못하는 상황에서 어떻게 그리 확신한단 말인가.

"제갈세가 습격 사건은 누군가가 혼마를 노리고 저지른 일일 확률이 높소. 현장의 건물들은 흔적을 찾아볼 수 없을 정도로 부서졌지요. 한데, 그런 큰 소란이 일어날 동안 제갈가의 사람들은 누구도 알지 못했소. 사건이 끝난 뒤에야 달아나는 범인을 확인했을 뿐이오. 그것은 곧 누군가 주변에 결계를 쳐서 안에서 벌어지는 충격과 소리들을 차단했다는 이야기지요. 범인이든 아니면 범인이 노리던 대상이든 둘 중 하나가 그랬겠지요."

공지의 이야기를 듣는 서문광천의 눈빛이 깊어졌다.

"그 정도 결계를 칠 수 있는 존재는 진마나 그에 필적하는 능력을 가진 자들뿐이오."

건물과 나무가 가루가 되어 사라졌고, 바닥을 덮은 대리석 석판들도 그 흔적을 찾아볼 수 없을 정도로 부서졌다.

소리뿐만 아니라 그 충격파 또한 상당했을 터.

이런 것들이 하나도 새어 나가지 않도록 단단한 결계를 치려면 어지간한 능력으로는 어림없는 일이었다.

"게다가 현장의 흔적은 그 싸움이 일방적인 것이 아닌 치열한 혈투였음을 보여 주고 있소. 그렇다는 것은 두 존재 모두 진마급 능력을 지닌 자들이라는 이야기요."

만일 한쪽이 일방적인 우세를 보였다면 현장이 그토록 엉망진창이 되지 않았을 것이다.

곳곳에 남아 있는 핏자국은 그때의 상황이 얼마나 치열했는지 말해 주고 있었다.

서문광천이 무겁게 고개를 끄덕였다.

"한 가지 벌주에게 묻겠소. 그곳에서 싸움을 벌였던 두 존재 중 하나는 달아난 복면인일 것이오. 그렇다면 나머지 하나가 누구일 거라 생각하오?"

보나마나 혼마일 것이다.

그동안 아이들 납치 사건이 제갈세가에서만 일어난 것을 보아 혼마가 제갈세가에 자리 잡고 있었을 확률이 높았다.

게다가 혼마는 인간의 몸에 들어가 그를 조정하는 능력을 가지고 있었다.

만일 제갈세가의 누군가로 변신해 있었다면 그의 정체를 알아차릴 수 있는 이는 아무도 없는 것이다.

"가만!"

서문광천의 눈에서 안광이 번뜩였다.

"놈이 제갈세가 소속 누군가의 몸에 들어갔다면……."

"그렇소. 이번 사건에서 발견된 시체는 하나도 없지만,

실종된 자가 있지요. 바로 그 전각을 집무실로 쓰던 총관 제갈후 말이오!"

그제야 서문광천도 공지가 무엇을 말하는지 이해할 수 있었다.

"총관이 혼마였겠군!"

"그렇소."

서문광천의 미간에 주름이 잡혔다.

"놈이 도망쳤을 가능성은?"

둘이 싸우다 혼마가 달아났을 수도 있었다.

그래서 시체가 발견되지 않았다면 말이 되는 것이다.

"그럴 가능성도 배제할 수는 없소. 하지만 목격자들의 진술을 종합해 보면 놈이 죽었을 가능성이 더 높다고 봐야 하오이다."

"무슨 소리요?"

"제갈가의 무사들이 달려갔을 때는 이미 싸움이 끝난 상태였소. 남아 있는 것은 복면인뿐이었지요. 목격자들에 의하면 복면인은 허공에 뜬 채 한동안 엄청난 기운에 둘러싸여 있었다고 하오. 마치 누에고치처럼 말이오. 이와 비슷한 광경이 하나 생각나지 않소?"

"진가장을 습격한 괴인!"

그것은 바로 진가장을 습격했던 괴인이 죽인 마귀의 기운을 흡수할 때 나타나는 현상이었다.

혼마를 공격한 자가 그라면 모든 것이 들어맞았다.

무슨 이유인지 몰라도 그자는 마귀들을 적대시하고 있다.

아마도 이번 제갈세가 습격 사건 역시 제갈세가를 노린 것이 아니라 혼마를 노린 것일 터였다.

그렇다면 혼마가 죽었다고 보는 공지의 생각이 옳았다.

제갈세가의 무사들은 괴인이 혼마를 죽이고 놈의 기운을 흡수하는 것을 본 것이다.

"하지만 놈은 검은 기류를 몸에 두르고 다니지 않소?"

괴인은 영화루, 진가장, 종남산 어느 곳에서든 항상 검은 기류를 몸에 두르고 있었다.

"게다가 그간 목격자들의 진술을 종합해 보면 놈은 진마를 상대할 정도의 실력이 안 되오."

"실력은 마귀들의 기운을 흡수함으로써 단숨에 키웠을 가능성이 있소. 하지만 검은 기류에 대해서는 나도 의문이외다. 혹시 그자와 같은 세력에 소속된 자일 수도 있지요. 어찌 되었든 괴인과 이번 복면인이 관계가 있을 확률이 높소. 어쩌면 염마 역시 그자가 죽였을지도 모르오."

서문광천의 머릿속이 복잡해졌다.

만일 괴인이 혼자가 아니라 세력을 가지고 있다면 더욱 큰 문제였다.

과연 그들이 어떤 목적을 가지고 있으며, 왜 은밀히 움직이는지를 알아내야 했다.

모습을 드러내지 않는 자들은 대부분 좋은 뜻을 가지고 있지 않는 법이다.

게다가 괴인은 언제나 무벌 주위를 맴돌고 있다.

정도연합군이 머물던 종남산에까지 나타났으니 분명 무벌과 연관이 있는 자, 혹은 무벌에 대해 음모를 꾸미고 있는 세력일 것이다.

아니, 어쩌면 괴인이 무벌에 소속된 이일 가능성도 높았다.

'놈은 왜 종남산에서 양화를 노린 것이지?'

괴인의 움직임은 항상 마귀와 관련이 되어 있었다.

전에도 의심했었지만 양화가 마귀와 연계가 되어 있는 것이 틀림없었다.

'양화와 신창양가에 대한 감시를 더욱 신경 쓰라고 해야겠군!'

양화를 쫓다 보면 괴인과 그 세력에 대한 실마리를 얻을 수 있을 것이다.

이번 일들로 인해 더 이상 괴인을 간과할 수 없게 되었다.

만일 공지의 예상대로 갑자기 괴인의 실력이 늘어난 것이 마귀들의 기운을 흡수한 것과 관련이 있다면, 최악의 경우 놈이 혼마와 염마의 기운까지 흡수했다고 가정했을 때, 지금 그 능력은 또 달라졌을 것이 분명했다.

이제는 진마들만큼이나 위협적인 존재인 것이다.

"이대로는 위험하겠군."

서문광천이 공지를 노려봤다.

"더 많은 힘이 필요하오! 그대라면 방법을 알고 있겠지?"

죽은 염마와 혼마를 제외하더라도 서문세가에 나타난 두 괴물과 제갈세가를 습격한 괴인까지 위험한 존재들이 무벌의 안마당인 의창에서 날뛰고 있었다.

자신이 피땀 흘려 이룩한 모든 것이 무너질 수도 있는 심각한 위기였다.

이 난국을 타개하기 위해서는 스스로의 힘을 더욱 키우는 방법밖에 없었다.

지금의 서문광천을 있게 한 공지라면 그 방법을 분명 알고 있을 터다.

한동안 아무 말 없이 생각에 잠겨 있던 공지가 조심스럽게 입을 열었다.

"그 어떤 것이라도 감수할 수 있겠소?"

낮게 깔린 목소리로 묻는 공지의 눈빛은 차갑게 빛나고 있었다.

"마귀의 피를 받는 것도 주저하지 않은 나요. 더 이상 무엇이 두렵겠소?"

사실 서문광천이 이토록 높은 경지에 이를 수 있었던 데에는 염마의 피가 결정적인 역할을 했다.

염마가 기력을 회복하지 못했던 이유도 계속 피를 빼앗겼기 때문이다.

물론, 염마의 피를 그냥 마시거나 몸에 주입한다고 갑자기 공력이나 무공이 늘어나는 것은 아니었다.

오히려 진마의 피는 인간에게는 독이었다.

그러나 공지가 특수한 술법을 사용하여 염마의 피를 가공한 후 서문광천에게 먹였고, 그 효과는 놀라울 정도로 탁월했다.

절정의 경지에 있던 서문광천이 겨우 몇 년 만에 화경 고수가 되었고, 지금 이 자리에 이르게 된 것이다.

"좋소. 내 방법을 생각해 보도록 하겠소. 단, 미리 말하지만…… 그 대가가 만만치 않을 것이오."

"그대와 처음 만났을 때 이미 각오한 바!"

서문광천이 흔들리지 않는 목소리로 대답했다.

◉

해륜과 원무 일행 역시 본진과 함께 담씨세가로 돌아왔다.

담일명은 그들이 돌아오자 크게 기뻐했다.

이미 동원령과 종남산에서의 활약을 통해 그들의 실력을 잘 알고 있는 상태였다.

언제 마귀들이 습격해 올지 알 수 없는 상황에서 해륜과 원무, 해명, 장두는 매우 강력한 전력인 것이다.

해륜은 오자마자 급히 담천을 찾아갔다.

"어떻게 됐습니까?"

걱정스러운 얼굴로 해륜이 담천을 살피며 물었다.

"다행히 놈을 잡을 수 있었다."

담천의 말에 해륜의 눈이 휘둥그레졌다.

"저, 정말 담 공자가 진마를 잡았다는 말입니까?"

믿을 수 없는 이야기였지만 담천이 거짓말을 할 리가 없었다.

해륜은 복잡한 눈으로 담천을 바라봤다.

볼 때마다 그 정체를 알 수 없는 사람이었다.

하지만 이상하게 자꾸 마음이 끌리는 것을 막을 수가 없었다.

"정말이오, 진마를 잡았다는 것이?"

그때 문이 드르륵 열리며 해명이 달려 들어왔다.

해륜이 담천과 무슨 이야기를 하나 문밖에서 엿듣고 있다가 진마를 죽였다는 말에 놀라 정신없이 문을 열고 들어온 것이다.

하지만 담천 역시 이미 해명의 기척을 느끼고 있었기에

그다지 놀라지 않았다.

"운이 좋았소."

"허허…… 진마를 잡는 것이 운이라……. 서문광천은 운이 무척 없었나 보오? 허허……."

어이가 없다는 듯 해명이 헛웃음을 지었다.

"그…… 진마도 혈마와 비슷한 능력을 가지고 있었습니까?"

어느새 장두와 함께 들어온 원무가 물었다.

원무도 사부에게 들어서 진마가 얼마나 무서운 존재인지 잘 알고 있었다.

게다가 이미 혈마의 신위를 목격하지 않았는가.

"아니오. 혈마와는 비교가 안 될 정도로 약했소. 서문광천이라면 쉽게 이길 수 있었을 것이오."

그럼 그렇지 하는 얼굴로 해명이 고개를 끄덕였다.

"하지만 다른 하나는 상당한 능력을 가지고 있더군."

고개를 끄덕이던 해명과 원무, 해륜의 움직임이 멈췄다.

"다, 다른 하나라니? 또, 또 다른 진마를 잡았다는 말입니까?"

원무가 하얗게 질린 얼굴로 물었다.

"제갈세가에 숨어 있던 녀석을 잡았소. 놈이 망원이라는 요마에게 부상을 입은 상태라 그나마 간신히 이길 수 있었소."

"허……."

해명은 할 말을 잃고 멍하니 담천을 바라봤다.

인간이 진마를 둘이나 잡다니, 그것은 그야말로 예전 천사궁과 수불도의 조사들이나 돼야 가능한 이야기였다.

자신의 사부가 직접 나선다 해도 진마와 승부를 겨루기는 쉽지 않았다.

한데 이제 겨우 스무 살 중반의 젊은 청년이 진마를 둘이나 잡은 것이다.

"일단 다른 이들에게는 비밀로 해 주시오."

담천의 당부에 일행은 넋이 나간 표정으로 고개를 끄덕였다.

'대체 저 사람은 인간이 맞는 것인가?'

해륜이 흔들리는 눈빛으로 담천을 바라봤다.

"앞으로의 계획은 어떻게 되십니까?"

정신을 추스른 원무가 담천에게 물었다.

"일단 당분간 나는 무공에 집중할 것이오. 이번 진마들과의 대결에서 느낀 바가 크오. 운이 좋아 이기긴 했으나, 만일 놈들이 온전한 상태였다면 오히려 당한 것은 나였을 것이오. 그리고 무벌에 숨어 있는 진마를 찾을 생각이오."

당장에 양화를 만나 원수의 정체를 알아내는 것도 중요했지만, 온전한 상태의 진마를 상대하려면 좀 더 실력을 키울 필요가 있었다.

"거, 사람이 좀 쉴 줄도 알고, 즐길 줄도 알아야 하는 법이오! 어차피 진마 놈들을 둘이나 잡았다면 당분간 큰 걱정은 없을 것 아니오? 그간 피로도 풀 겸 다 같이 술이나 한잔하러 가는 것은 어떻겠소?"

그때 멍하니 있던 해명이 갑자기 의미심장한 표정으로 술자리를 제안했다.

한쪽 팔꿈치로 해륜을 툭 치는 모양새로 보아 아마도 담천과 해륜을 어떻게 연결해 보려는 의도인 듯했다.

"흠흠…… 저는 불문에 몸담고 있는지라……."

원무가 난감한 얼굴로 말을 더듬었다.

"나도 도가에 몸을 담고 있소만?"

그게 뭐 어떠냐는 얼굴로 해명이 반문했다.

"육식과 술은 금해야 하는지라……."

"허허! 답답하긴. 거 우리가 어찌 일반 불제자나 도사들과 같겠소? 우리는 마귀들을 잡아야 하는 막중한 사명을 띠고 건강한 육체와 정신을 유지해야 하는 몸이오! 게다가 세상에 먹을 수 있는 것은 저마다 다 인간의 몸에 쓰임새가 있는 법이오. 심지어 독도 잘만 쓰면 약이 되지 않소? 하물며 술이야 긴장을 풀어 줄 뿐만 아니라. 정신에 쌓인 피로도 없애 주는 영약이거늘 어찌 우리 도가와 불문의 제자들이 이를 업신여길 수 있겠소?"

뻔뻔한 얼굴로 말도 되지 않는 괴변을 주절주절 늘어놓

는 해명을 보며 원무가 식은땀을 흘렸다.

"그것이……."

"어허, 이제 보니 원무 스님께서는 본 도사와 술자리를 갖는 것이 꺼려지는 모양이구려…… 허……. 섭섭하오이다. 그간 천사궁과 수불도는 한 형제와 같다 여겼거늘……."

혀까지 차 가며 한탄하는 해명의 모습에 원무가 어찌할 바를 몰라 했다.

"오, 오해 마십시오. 그것이 아니라……."

그때 해명의 표정이 갑자기 부드러워졌다.

"흠, 원무 스님의 고충은 충분히 이해하오. 그렇다면 굳이 술을 드시라 강요하지는 않을 테니 자리라도 함께 하는 것은 괜찮겠지요?"

"그, 그것이야 물론 괜찮습니다."

해명이 잽싸게 고개를 돌렸다.

"자! 원무 스님도 찬성했으니, 담 공자 혼자 반대하진 않겠지요?"

담천이 어이없는 얼굴로 해명을 바라봤다.

"그럼 반대하지 않으시는 것으로 알겠습니다. 자, 다들 갑시다! 장두야 뭐하냐, 얼른 움직이지 않고!"

"장두 얼른 움직인다, 간다!"

장두가 씩씩한 걸음으로 해명을 뒤따랐고, 일행도 얼떨

결에 그 뒤를 쫓아 주점으로 향했다.

○

일행이 향한 곳은 영화루였다.

그런 끔찍한 사건이 있은 지 그리 오래 되지 않았음에도 영화루는 여전히 붐볐다.

건물은 오히려 이전보다 더 화려해졌고, 정무지회 때의 흔적은 조금도 찾아볼 수 없었다.

마지못해 해명을 따라나선 담천이었지만, 사실 오랜만에 술을 한잔하는 것도 괜찮겠다는 마음도 있었다.

그동안 초유벽이 아닌 담천으로 살아오며 오직 복수를 위해 쉴 새 없이 달려왔다.

짧은 시간 동안 수많은 일이 있었고, 드디어 원수의 실체에 근접한 상태였다.

억울하게 죽은 가족들과 세가의 식솔들을 생각하면 한잔 술조차 사치일 수 있었으나, 아무리 복수를 위해 모든 것을 버리기로 한 담천이라 해도 결국엔 감정이 있는 인간일 수밖에 없었다.

그간의 노력을 보아서 하루쯤은 구천을 헤매는 원혼들도 눈감아 주리라.

점원에게 자리를 안내받은 후 해명이 도사답지 않게 이

것저것 능숙하게 술과 안주를 시켰다.

하는 모양새로 보아 한두 번 해 본 솜씨가 아니었다.

"하하하! 그런 눈으로 쳐다보지 마시오. 원래 도라는 것이 세상 속에 있는 것 아니겠소? 이것저것 많은 경험을 해야 진정한 도를 얻을 수 있는 것이오! 하하하!"

스스로도 민망했는지 해명이 시키지도 않은 변명을 늘어놓았다.

오래 기다리지 않아 시킨 요리와 백주가 나왔다.

백주는 죽엽청으로 그리 비싸지도 싸지도 않은 적당한 가격대였다.

"자! 술이 왔으니 다 같이 건배를 해야지!"

해명이 술잔을 들어 올리며 건배를 제안했다.

"일행 모두의 무사 귀환과, 담 공자의 믿기 어려운 승리를 축하하며 건배합시다! 건배!"

일행은 미소를 지으며 제법 그럴듯한 해명의 구호에 맞춰 잔을 들어 올렸다.

처음엔 어색했던 분위기가 술이 한두 잔 들어가고 나니 점점 부드러워졌다.

짧은 시간이지만 함께 마귀들과 맞서 목숨을 걸고 싸운만큼, 자신들도 모르게 어느새 서로에 대해 조금은 의지하고 믿게 된 것이다.

원무 역시 술을 마시지는 않았지만, 일행과 즐겁게 대화를 나누었다.

"에, 퉤퉤! 수, 술 쓰다! 맛없다! 도사 형님 날 속였다!"

해명을 따라 술을 한 입에 털어 넣었던 장두가 오만상을 찡그리며 도로 뱉어 내는 모습에 일행이 웃음을 터뜨렸다.

담천 역시 오랜만에 편안한 마음으로 시간을 보낼 수 있었다.

자신을 기다리고 있을 원혼들을 놔두고 혼자 이런 사치를 즐겨도 되나 하는 죄책감도 들었으나, 오늘만큼은 복수도 조금 뒤로 미뤄 두고 싶었다.

담천의 시선이 해륜에게 향했다.

의외로 해륜도 술을 제법 잘 마시고 있었다.

그녀는 조금은 무모하다 싶을 정도로 술잔을 비워 댔다.

"너무 무리하는 것 아냐? 천천히 마시지."

보다 못한 담천이 조금은 걱정스러운 얼굴로 해륜에게 말했다.

"괘, 괜찮습니다…… 거, 걱정 마십시오."

아니나 다를까, 해륜은 이미 혀가 꼬인 상태였다.

담천이 눈살을 찌푸렸다.

그녀답지 않은 행동이 왠지 거슬렸다.

쿵!

두 잔을 더 마신 해륜이 결국엔 상에 머리를 박고 쓰러졌다.

갑작스런 상황에 일행의 시선이 해륜에게 집중되었다.

"어허, 사내가 이리 술이 약해서야."

해명이 슬쩍 담천의 눈치를 살피며 능청스럽게 말했다.

그의 표정에는 장난기가 잔뜩 담겨 있었다.

왠지 담천에게 '나는 네가 한 일을 다 알고 있다'고 넌지시 말하고 있는 듯했다.

그때였다.

"사형! 나 사내 아니거든!"

갑자기 쓰러져 있던 해륜이 벌떡 일어나 소리치는 것이 아닌가.

모두의 놀란 시선이 해륜에게로 향했다.

해륜은 눈이 반쯤 풀린 상태로 휘청대고 있었고, 그녀의 손가락은 마치 활시위를 벗어나기 직전 화살처럼 해명을 가리키고 있었다.

"그, 그래. 사, 사매는 여인이지."

화들짝 놀란 해명이 움찔 물러서며 말했다.

담천 역시 당혹스러운 얼굴로 정신이 반쯤 나간 해륜을 바라봤다.

원무가 동그래진 눈으로 해명과 해륜을 번갈아 바라봤다.

"저…… 대체 무슨 말씀을……."

그로서는 당연한 반응이었다.

"흠, 흠. 사실 제 사제는……. 아니, 사매는 여인이라오. 일부러 속인 것은 아니니 마음 상해하지는 말구려, 크흠!"

해명이 겸연쩍은 얼굴로 말했다.

"여, 여인이란 말씀입니까? 해, 해륜 도사, 아니, 도고가?"

"그렇소…… 흠."

"다, 담 공자 이것이……?"

믿어지지 않는다는 얼굴로 담천을 바라보던 원무가 말을 잇지 못했다.

담천의 표정이 그다지 놀란 것 같지 않았기 때문이다.

"호, 혹시 담 공자도 알고 계셨던 것입니까?"

담천이 헛기침을 하며 고개를 끄덕였다.

"저만 몰랐군요……."

원무가 시무룩한 얼굴로 자리에 앉았다.

마치 자신만 외톨이가 된 기분이었던 것이다.

"너무 서운해 마시오. 담 공자도 우연히 알게 된 것이오. 그것이……."

해명이 막 원무에게 사정을 설명하려는 찰나였다.

"야! 너! 담 씨!"

자리로 쓰러질 듯하던 해륜이 갑자기 고개를 쳐들더니 담천에게 소리쳤다.

담천이 당혹스러운 얼굴로 해륜을 바라봤다.

"너! 내 몸 막 더듬고! 엉? 딸꾹! 막 내 속살도 다 보고! 꺼억! 너 그러고도 아무렇지도 안냐! 이 나쁜 놈아! 딸꾹!"

순간, 일행뿐 아니라 주변 손님들의 시선까지 담천에게 향했다.

항상 침착하고 냉정하던 담천으로서도 상당히 난감한 순간이었다.

"어허, 멀쩡하게 생겨 가지고……."

"담씨세가의 대공자 아니야?"

여기저기서 담천에 대해 쑥덕였다.

"내, 내가 언제……."

담천이 자신의 억울함을 항변하려 했으나 해륜은 어느새 다시 상에 엎어진 뒤였다.

"어허! 이런 사매가 많이 취했구려. 내 대신 사과하겠소, 담 공자."

해명이 말과는 다르게 미소가 가득한 얼굴로 쓰러져 있는 해륜을 부축했다.

"분위기도 그렇고, 우리 불.쌍.한 사매도 챙겨야 하니, 이거 오늘은 이만 술자리를 파해야겠소이다."

해명이 불쌍한이란 단어를 특별히 강조하며 큰소리로 말했다.

어디선가 혀를 차는 소리가 들려왔다.

이젠 의창 전체에 소문이 날 분위기였다.

해명은 무엇이 그리 통쾌한지 콧노래까지 흥얼거리며 영화루를 나섰다.

그 뒤를 시무룩한 표정의 원무와 잔뜩 인상을 찌푸린 담천이 뒤따랐다.

담천에게는 어이없기도 한편으로는 헛웃음이 나기도 하는 상황이었다.

해륜이 이런 사고를 칠 줄은 예상조차 못했기 때문이다.

이렇게 그날의 술자리는 짧고 강렬하게 끝을 맺었다.

5장

뜻밖의 손님

"서문세가를 습격했던 진마가 죽었다고?"

남궁영재가 고개를 갸웃 거리며 물었다.

"그렇습니다, 대공!"

남궁영재 바로 광마의 권속인 유광이 고개를 조아리며 대답했다.

"혼마의 짓인가?"

남궁영재의 두 눈에 혈광이 일었다.

만일 혼마가 다른 진마의 기운을 흡수했다면 최악의 상황이었다.

"그것이……."

유광이 말을 잇지 못하고 망설였다.

"말하라!"

남궁영재가 답답하다는 듯 유광을 재촉했다.

"확실치가 않습니다……. 대공의 명에 따라 제갈세가를 계속 감시했는데, 그날 혼마로 보이는 존재가 움직이긴 했습니다. 순식간에 사라져 버려서 종적을 놓쳐 버렸습니다……."

유광이 머리를 들지 못하고 떨리는 목소리로 말했다.

순간 남궁영재에게서 일어난 살기가 유광을 옭아맸다.

한동안 유광을 노려보던 남궁영재가 살기를 거두었다.

"하기야 네놈이 혼마를 추격하는 것 자체가 무리지……."

유광은 특별한 권속이었다.

보통 권속들은 생명이 없는 존재다.

이미 죽은 인간을 진마나 마귀의 피로 되살린 것이 바로 권속이었다.

살아 있는 인간이 진마의 피를 받게 되면 독과 같은 작용을 하기 때문이었다.

하지만 유광은 살아 있는 상태에서 진마의 피를 받은 자였다.

그것은 유광이 특별한 체질을 타고났기 때문인데, 이러한 체질은 무척 희귀한 것이어서 천만 명 중에 한 명 정도 있을까 말까 했다.

살아 있는 인간이 권속이 되었을 경우 그 능력도 더욱

뛰어날뿐더러, 진마나 다른 마귀, 도사들조차 그 존재를 알아차릴 수 없다.

평범한 인간과 전혀 다를 것이 없기 때문이다.

무공을 익힌다 해도 마찬가지였다.

마귀나 진마의 기운을 느낄 수 없다는 이야기다.

해서 진마의 경우 이런 특별한 권속을 한 명 이상 반드시 가지고 있었다.

다른 진마를 감시하거나, 정보를 얻기 위해 이들이 반드시 필요했기 때문이다.

어쨌든 특수한 권속 유광이라 해도 진마를 감시하는 것은 무리였다.

아무리 자신의 정체를 숨길 수 있다 해도 계속 주변에 모습을 보이게 된다면 상대가 바보가 아닌 이상 수상하게 여길 것이다.

결국 되도록 진마가 느끼지 못할 정도의 거리에서 감시하는 수밖에 없기에 아무래도 한계가 있었다.

"다만……."

잠시 머뭇거리던 유광이 말을 이었다.

"실은 얼마 전 일어났던 제갈세가의 습격이 혼마를 노린 듯 보입니다."

남궁영재의 표정이 변했다.

"그 근거는?"

"싸움의 규모가 진마가 아니고서는 불가능한 수준이었습니다."

그동안 혼마를 찾아내진 못했으나, 제갈세가에 존재한다는 흔적은 발견한 상태였다.

진마급 힘을 가진 두 존재가 붙었다면 그중 하나는 혼마일 가능성이 높았다.

"그렇다면?"

"네, 만일 혼마가 염마의 기운을 흡수한 상태였다면, 제갈세가를 습격한 복면인이 살아남지 못했을 것입니다. 아니면 복면인이 혈마를 넘어서는 괴물이란 이야기니까요."

남궁영재가 고개를 끄덕였다.

혈마조차 감당할 수 없을 정도의 괴물인데, 그를 넘어서는 존재가 있을 리 없었다.

아니, 존재한다고 상상하기조차 싫었다.

그것은 혼마가 다른 진마의 정기를 흡수한 것과는 차원이 다른 재앙이었다.

남궁영재의 눈이 가늘게 접혔다.

혼마가 아닌 다른 누군가 정체불명의 진마를 죽였다면, 복면인 아니면, 서문세가에 나타났던 두 괴물들 중 하나일 것이다.

"혹시, 또 다른 진마가 나타난 것은 아닐까요?"

유광이 조심스럽게 물었다.

"그럴 가능성도 배제할 수는 없지……."

남궁영재의 머릿속이 복잡해졌다.

어쨌든 누군가 진마를 죽였다.

그것이 다른 진마이든, 혹은 복면인이든 남궁영재에게는 위험한 일이었다.

이제 무벌을 거의 자신의 것으로 만든 상태였다.

서문광천만 없어지면 무벌은 남궁영재의 손아귀에 저절로 들어오게 되어 있다.

진마를 죽일 수 있을 정도로 강력한 적의 등장은 그동안 애써 이뤄 놓은 모든 것을 한순간에 무너뜨릴 수도 있었다.

"광무단을 움직여라!"

남궁영재의 명에 유광이 깜짝 놀랐다.

"과, 광무단을 말씀입니까?"

광무단은 그동안 남궁영재가 심혈을 기울여 육성한 무벌 내의 인간 추종자 부대였다.

그들이 따르는 것은 진마인 남궁영재가 아니라 무벌의 가장 유력한 차기 벌주 후보 남궁영재였다.

남궁영재의 진정한 정체를 모르고 있는 것이다.

그들은 남궁영재가 만든 천심단(天心團)이란 약을 먹고 하나하나가 어지간한 권속보다 뛰어난 능력을 가지고 있었다.

천심단은 남궁영재가 특수한 술법을 이용해 만든 단환이었는데, 그 재료들이 세상에서는 귀하다 여겨지는 영약이 대부분이었다.

사실, 영약이나 영단은 마귀에게 아무런 소용이 없었고, 오히려 요마나 인간들에게 도움이 되는 것들이었다.

하지만 다른 진마들과 다르게 남궁영재는 오랜 세월동안 영약과 영단을 모아 왔고, 이를 이용해 백 개에 이르는 영단을 만든 것이다.

결국 그 영단들이 광무단에게 지급되면서 백 명이 넘는 남궁영재의 친위부대가 탄생한 것이다.

그들은 권속이 아닌 살아 있는 인간이기에 다른 진마들이 파악할 수 없는 존재들이었다.

현재 그들은 정체를 숨긴 채 각자의 가문과, 무벌 내에서 비밀리에 자신들의 임무를 수행하고 있었다.

남궁영재가 무벌 내에서 상당한 세력을 이룰 수 있었던 것도 바로 광무단의 활동 덕이었다.

남궁영재는 지금 그들을 움직이라고 말하고 있었다.

하지만 비밀리에 활동하고 있는 광무단이 한꺼번에 움직이게 되면 자칫 실체가 드러날 위험이 있었다.

"어쩔 수 없지……. 지금은 이것저것 가릴 때가 아니니……."

남궁영재가 아쉬운 얼굴로 말했다.

전력을 숨길 수 있을 정도로 여유로운 상황이 아니었다.

"의창을 샅샅이 뒤져서라도 반드시 이번 사건을 일으킨 존재들의 흔적을 찾아내라고 일러라!"

"존명!"

유광이 부복을 하고는 남궁영재의 처소를 나섰다.

해륜은 일어나자마자 불안한 마음에 사형 해명을 찾아갔다.

어제 영화루에서 무리해서 술을 먹은 나머지 중간쯤부터 기억이 잘 나지 않았다.

혹시 자신이 실수라도 하지 않았는지 걱정이 됐던 것이다.

사실 해륜이 술을 접한 것은 어제가 처음이었다.

그런대도 그토록 과음을 하게 된 것은 담천에 대한 심란한 마음 때문이었다.

"하하하하! 걱정할 것 없다. 실수는커녕 오히려 담 공자에게 멋지게 한 방 날렸으니! 네가 이토록 자랑스럽게 느껴졌던 적은 혼자 대소변을 가린 이후로 처음이구나! 크하하하하!"

"사, 사형!"

해륜의 안색이 창백해졌다.

사형이 저토록 기뻐하는 것을 보니 분명 자신이 무슨 짓을 저지른 모양이었다.

해명의 짓궂은 농담조차 제대로 귀에 들어오지 않았다.

"다, 담 공자에게 제가 무슨?"

아무리 생각해도 기억이 나질 않으니 더욱 불안했다.

"어허! 실수한 것 없대두? 네가 거짓말을 한 것도 아니고. 다 맞는 이야기들만 했으니 그런 걱정 말거라."

그때 원무가 해명의 방으로 찾아왔다.

"해명 도사님 안녕…… 어? 해륜 도고도 계셨군요?"

해륜이 깜짝 놀라 원무와 해명을 번갈아 바라봤다.

"도, 도고라니요? 혹시?"

"아! 그것도 기억이 안 나는 모양이로구나? 네가 어제 다 말했다. 여인이라고."

해륜은 망치로 뒤통수를 맞은 것처럼 멍한 상태가 되었다.

'내, 내가 도대체 무슨 짓을 한 거야……'

"이거 제가 눈치 없이……."

원무가 미안한 얼굴로 해륜과 해명을 바라봤다.

"아, 아닙니다. 오히려 숨긴 제가 죄송하지요."

해륜이 급히 고개를 숙였다.

여인인 것이 알려진 거야 그다지 문제될 것이 없었다.

어차피 억지로 숨기려던 것도 아니었기 때문이다.

단지 여인인 것을 자신의 입으로 밝힐 정도면 담천에게는 어떤 짓을 했을지 생각만 해도 머릿속에 하얗게 변했던 것이다.

사형 해명이 좋아하는 이유는 분명 담천이 곤란한 지경에 빠졌기 때문일 것이다.

"원무 스님! 제가 어제 담 공자에게 무슨 실수를 한 것입니까?"

해명에게서 제대로 된 이야기를 들을 수 없다고 여긴 해륜이 원무에게 물었다.

"그것이……."

원무가 난감한 얼굴로 머뭇거렸다.

과연 해륜에게 어제 상황을 이야기해 줘야 되는 것인지 망설여졌기 때문이다.

잠시 눈치를 살피던 원무가 길게 한숨을 내쉬었다.

"휴…… 결국엔 어차피 알게 되실 일이니 말씀드리겠습니다."

원무의 이야기를 모두 듣고 난 해륜은 충격에 빠졌다.

쥐구멍이라도 있으면 당장에 숨고 싶은 심정이었다.

'이 일을 어떻게 하지?'

당장 가서 담천에게 사과를 해야 한다고 생각했지만, 이대로는 도저히 담천의 얼굴을 볼 용기가 나지 않았다.

"거참! 네가 틀린 말을 한 것도 아닌데 뭘 그리 고민하고 있는 것이냐!"

해명이 답답한 듯 가슴을 탕탕 치며 말했다.

"오히려 이번 일로 해서 담 공자와 너의 관계가 많은 사람에게 알려졌으니, 네게는 잘된 일이 아니냐!"

"사, 사형 이상한 소리 마십시오! 저와 담 공자가 무, 무슨 관계가 있다는 말입니까?"

해륜이 정색을 하며 소리쳤다.

"어허! 이미 네 입으로 다 이야기해 놓고 이제와 무슨 오리발이냐? 그때 영화루에 왔던 백 명이 넘는 손님들이 다 들었으니, 아마 지금쯤은 의창 전체에 소문이 쫘— 악 돌았을 것이다! 크크크크!"

해륜의 머릿속이 하얗게 변했다.

사고도 대형 사고를 친 것이다.

해명이 연신 통쾌한 웃음을 터뜨리며 해륜을 안심시켰으나, 그녀에겐 조금도 위안이 되지 않았다.

앞으로 담천의 얼굴을 어찌 봐야 하나 생각하니 암담하기만 했다.

해륜은 정신이 반쯤 나간 모습으로 축 늘어져 해명의 방을 나섰다.

"너무 놀리신 것 아닙니까?"

원무가 걱정스러운 얼굴로 말했다.

"후후, 걱정 마시오. 이게 다 어른이 되려면 겪어야 하는 성장통이라오. 스님도 좀 더 자라면 알게 될 거요. 후후후."

원무의 눈썹이 꿈틀했다.

"크흠! 이미 자랄 만큼 자랐습니다만!"

툴툴대는 원무를 무시한 채 해명은 의미심장한 미소를 지으며 해륜이 나간 방문을 바라봤다.

◑

담천은 전혀 예상치 못했던 해륜의 난동으로 인해 난감한 지경이 되었다.

해륜에게 무슨 몹쓸 짓이라도 한 것처럼 되어 버렸기 때문이다.

게다가 대외적으로 정혼자까지 있는 상황에서 다른 여인을 건드렸으니 두 여인을 울린 바람둥이가 되어 버린 것이다.

담천으로서는 무척 억울한 일이었으나, 다른 사람들이 담천의 사정을 알 리 만무했다.

소문은 금세 퍼져 무벌 내에서 어지간한 이들은 다 알 정도가 되었다.

하필 사건이 일어난 곳이 사람이 많은 영화루였기에 그

여파가 더 컸다.

그렇다고 해륜에게 뭐라 할 수도 없었다.

술을 먹고 자신도 모르고 한 일인데다, 다른 사람이 들을 때 오해의 소지는 있었으나, 대부분의 내용은 사실이었기 때문이다.

그야말로 울화통이 터지는 상황이었다.

결국 담천은 이 짜증나고 답답한 마음을 양화에게 풀기로 마음먹었다.

어차피 오늘 내일 중으로 한 번 찾아가려고 마음먹었던 차였다.

원수의 정체를 알아내려면 놈이 필요했기 때문이다.

복면을 써 일단 자신의 정체를 숨긴 담천은 온몸에서 살기를 풀풀 날리며 신창양가로 향했다.

☯

영화루에서 평소 알고 지내던 후기지수들과 술을 마시던 양화는 갑자기 몸에 한기가 이는 것을 느꼈다.

"흐읍!"

"응? 자네 갑자기 왜 진저리를 치고 그러나?"

함께 술자리를 하던 진주언가의 넷째 언무생이 의아한 얼굴로 물었다.

"그, 글쎄……. 감기라도 걸리려나? 가, 갑자기 한기가 느껴지는군그래."

"허, 절정을 넘어선 무인이 감기에 걸리다니 말이 되는가?"

이씨세가의 이세평이 어이가 없다는 얼굴로 말했다.

무공을 익혀 어느 정도 수준에 이른 이들은 몸의 조화가 이루어져 감기나 다른 잔병치레를 하지 않았기 때문이다.

"그건 그렇지."

양화 역시 그 사실을 알고 있었으나 어쩐지 느낌이 꺼림칙했다.

결국, 몇 잔 더 마시던 양화는 몸이 좋지 않다며 술자리를 빠져나왔다.

'거참 이상하군. 어째 오늘따라 이리 등에 한기가 이는 것이지?'

영화루를 나와 집으로 향하던 양화가 고개를 갸웃거렸다.

분명 열이 나거나 몸에 이상이 있는 것은 아니었는데, 기분이 묘하게 거슬렸던 것이다.

'젠장, 빨리 집에나 가야겠군!'

서둘러 걸음을 옮기던 양화가 지름길로 가기 위해 인적이 드문 번화가 뒷골목에 들어섰을 때였다.

"어딜 그리 급히 가시나?"

갑자기 양화의 귓가로 차가운 목소리가 들려왔다.

"누, 누구?"

깜짝 놀란 양화가 급히 고개를 돌리며 반대쪽으로 물러섰다.

양화의 시선이 향한 곳에는 어느새 정체불명의 흑의 복면인 하나가 유령처럼 서 있었다.

바로 옆에 다가올 때까지 복면인의 기척을 전혀 느낄 수 없었던 양화는 잔뜩 긴장한 채 허리에 찬 단창으로 손을 가져갔다.

"후후, 그간 제법 대가 세졌구나?"

담천은 정체를 숨기기 위해 일부러 목소리를 잔뜩 깔았다.

단창으로 향하던 양화의 손이 멈췄다.

무언가 심상치 않은 예감이 머리를 강타했기 때문이다.

"호, 혹시? 종남산에서?"

자신을 고문하던 검은 기류의 괴인이 떠올랐던 것이다.

그가 이야기하기를 무벌 내에 자신의 세력이 숨어 있다 하지 않았던가.

양화는 검은 기류 괴인의 말이 허언이 아니었음을 깨달았다.

"후후, 이제야 알았느냐? 그래 술은 맛있게 먹었더냐? 지금 네놈이 한가하게 술이나 처먹고 다닐 때더냐!"

점점 목소리를 높이던 담천이 잠시 말을 멈추고 양화를 노려봤다.

"네놈을 찾느라 한 시진이나 의창을 헤맨 것을 생각하면 당장에 목을 쳐 버리고 싶지만, 이미 약속한 것도 있고 하니 용서하기로 하마."

"그, 그것은 제 잘못이……."

양화로서는 억울한 일이었다.

계속 집에만 틀어박혀 있을 수도 없고, 담천이 언제 올 줄 알고 시간에 맞춰 기다린단 말인가.

"그건 네놈 사정이고."

담천이 양화의 말을 끊었다.

"내가 오늘 기분이 별로 좋지 않으니 일단 맞고 시작하자!"

순간 담천의 신형이 자리에서 사라졌다.

퍽퍼퍽!

"꾸에엑!"

둔탁한 타격음과 양화의 비명이 동시에 터져 나왔다.

담천의 주먹은 보이지도 않을 정도로 빠르게 움직였다.

양화가 팔을 허우적거리며 막아 보려 했으나, 허공만 휘저을 뿐이었다.

퍼퍼퍽!

수십 개의 권영이 양화를 덮쳤다.

"크, 크허헉! 그, 그만! 요, 용서한다 하지 않았소!"

"그것은 네놈을 죽이지 않겠다는 이야기지!"

양화가 간절한 목소리로 애원했으나, 담천은 콧방귀조차 뀌지 않았다.

어차피 양화에게 공포를 느끼게 해 배신할 엄두도 못 내게 하려 했다.

놈이 찍소리도 못하도록 제대로 밟아 줘야 했다.

물론 이 상황에는 현재 담천의 몹시 불편한 심기도 한몫하고 있었다.

일각을 훌쩍 넘어 양화가 눈동자를 까뒤집고 입에 거품을 물고서야 드디어 담천의 구타가 멈췄다.

"후우……."

십 년 묵은 체증이 내려간 듯한 후련한 느낌에 담천이 긴 한숨을 토해 냈다.

"흥! 겨우 이 정도에 기절을 하다니!"

사실 담천이 마음먹고 제대로 된 주먹을 날렸다면 양화는 벌써 이 세상 사람이 아니었을 터였다.

복수를 위해 놈이 필요했기에 담천의 입장에서는 그래도 사정을 많이 봐준 상태인 것이다.

짜악!

담천이 기절한 양화의 뺨을 세차게 때렸다.

"으헉!"

갑작스런 통증에 화들짝 놀란 양화가 후다닥 몸을 일으
켰다.

"왜, 왜 이러시오?"

잔뜩 겁을 먹은 양화가 말을 더듬었다.

그의 한쪽 뺨에는 뻘건 손자국이 선명했다.

"그냥 네 녀석이 싫어서. 왜 불만이라도 있는 것이냐?
아니면 아직 매가 부족한 것이냐?"

담천이 서늘한 목소리로 물었다.

"아, 아니오! 나는 괜찮소!"

양화가 급히 손사래를 치며 뒤로 물러섰다.

"흥!"

코웃음을 친 담천이 잠시 양화를 노려보다 말을 이었다.

"좋아. 본론으로 들어가지. 네놈이 종남산에서 했던 약
속을 잊지는 않았겠지?"

"무, 물론이오."

"그래, 놈에게 연락은 아직 없나?"

"그, 그렇소. 아직까지는 아무런 연락이 없소."

양화가 침을 꿀꺽 삼키며 대답했다.

"혹시, 연락이 왔는데 숨기는 것은 아니겠지?"

"절대 아니오! 믿어 주시오! 나도 빨리 몸속의 고를 제
거하고 놈에게서 벗어나고 싶단 말이오!"

담천은 금방이라도 잡아먹을 것 같은 눈으로 잠시 양화

를 뚫어져라 바라봤다.

"좋아. 일단 믿어 보도록 하지. 당분간 내가 네놈과 연락을 맡을 것이다. 놈에게 연락이 오면 여기에 네놈의 피를 한 방울 떨어뜨리거라!"

담천이 천혜린에게서 받은 노리개 중 하나를 양화에게 건넸다.

"이, 이것이 무엇이오?"

피를 떨어뜨려야 된다는 말에 양화가 지레 겁을 먹고 물었다.

"너와 내가 연락을 할 수 있는 물건이다. 피를 묻히면 곧장 나와 연결할 수 있다. 작동 시간은 한 번 피를 묻혔을 경우 일각 정도이니, 한 방울이면 할 이야기는 모두 전할 수 있을 것이다."

담천의 말에도 두려움이 가시지 않는지 양화가 마지못해 노리개를 받아 들었다.

"쓸데없는 걱정은 말거라! 네놈을 어떻게 할 생각이었으면 그깟 노리개 따위가 아니라도 얼마든지 더 쉽고 효과적인 방법들이 있으니까!"

양화가 움찔하며 노리개를 얼른 품 안에 집어넣었다.

"한 가지 경고해 두자면 이번에 시체로 발견된 마귀를 죽인 것도 바로 우리들이다. 다시 한 번 말해 두는데, 만일 네놈이 조금이라도 딴마음을 먹는다면 네놈뿐만 아니라 신창양가의 씨를 말릴 것이다!"

양화는 간담이 서늘해지는 것을 느꼈다.

서문세가를 초토화할 정도로 강력했던 마귀를 죽이다니, 생각했던 것보다 복면인이 소속된 세력의 힘이 더 막강한 것이 분명했다.

"며, 명심하겠습니다!"

양화가 두려움에 몸을 가늘게 떨며 담천의 경고에 대답했다.

스윽!

순간, 담천의 신형이 마치 허깨비처럼 사라졌다.

조심스럽게 담천이 떠났음을 확인한 양화는 걸음아 날 살려라 신창양가로 달려갔다.

◑

양화와의 일을 마무리한 담천은 당분간 연락이 올 때까지 장원 뒷산에서 풍운십이검의 수련에 전념하기로 마음먹었다.

영화루의 일로 인해 당장에 해륜과 마주치는 것도 껄끄러웠고, 초씨세가의 원수가 진마일 경우를 대비해 풍운십이검의 모든 초식을 사용할 수 있도록 익혀 두기 위해서였다.

마귀들이나 진마의 기운을 흡수하지 않는 이상 담천이 더 강해질 방법은 풍운십이검밖에 없었기 때문이다.

수련을 한 지 사흘째 되는 날이었다.

그날도 담천은 해질 무렵이 되어서야 수련을 끝내고 장원으로 돌아왔다.

"공자님! 손님이 찾아오셨습니다!"

막 담천이 장원 입구로 들어서려는데, 위사가 심각한 표정으로 말했다.

"손님?"

걸음을 멈춘 담천이 의아한 얼굴로 물었다.

위사의 표정을 보아 찾아온 손님이 예사롭지 않은 인물임이 분명했기 때문이다.

"그, 그것이 천 소저께서……."

천 소저라면 천혜린을 말하는 것일 터였다.

천혜린 때문이라면 위사의 반응이 전혀 이해가 가지 않았다.

"함께 오신 분이 있습니다."

담천은 서두르지 않고 위사의 다음 말을 기다렸다.

잠시 망설이던 위사가 조심스럽게 입을 열었다.

"서문세가의 아씨께서……."

담천의 눈이 부릅떠졌다.

서문세가의 아씨라면 당연히 서문유향이다.

담천은 가슴이 두근거리는 것을 간신히 억눌렀다.

"그녀가?"

약간은 가라앉은 목소리로 담천이 물었다.

"예, 호위무사 한 분과 함께 오셨습니다."

호위무사는 아마도 풍영일 것이다.

초유벽이던 시절 서문유향과 만날 때마다 항상 그림자처럼 주변을 지키던 이였다.

담천은 서문유향이 자신을 찾아 왔다는 사실에 가슴이 떨리면서도 한편으로는 대체 무슨 일로 찾아왔는지 의문이 들었다.

천혜린과 같이 왔다면 아무래도 염마에게서 그녀를 구한 일과 관련이 있는 듯한데, 담천은 서문유향이 의식을 잃은 후 나타났기 때문에 그녀가 자신을 찾을 이유가 없는 것이다.

그렇다고 천혜린이 자신을 위해 일부러 서문유향을 데려왔을 리는 만무했다.

담천은 머릿속에 의문을 품은 채 두근거리는 가슴을 다독이며 자신의 처소로 향했다.

자신의 거처에 도착한 담천이 순간 멈칫했다.

서문유향이 천혜린과 함께 마당에 나와 있었던 것이다.

그녀를 볼 수 있다는 것이 자신에게 얼마나 벅차고 행복

한 일인지 그동안 잊고 있었다.

담천은 당장이라도 달려가 그녀를 꼬옥 안아 주고 싶은 마음을 간신히 억눌렀다.

지금 자신은 초유벽이 아닌, 담천이었기 때문이다.

"담 공자가 도착했습니다."

그때 풍영이 담천이 온 것을 두 사람에게 알렸다.

천혜린과 서문유향이 동시에 고개를 돌렸다.

"가가. 서문 소저께서 서방님을 꼭 한 번 뵙고 싶다 하셔서 이렇게 모시고 왔어요."

천혜린이 눈웃음을 치며 담천에게 애정이 듬뿍 담긴 목소리로 말했다.

평상시보다 배는 과장된 그녀의 행동에 담천이 눈살을 찌푸렸다.

서문유향에 대한 담천의 마음을 잘 알기에 일부러 그러는 것이 분명했기 때문이다.

"어머! 수련 중에 다치시기라도 하신 건가요? 얼굴이 좋지 않아 보이십니다."

살랑거리며 다가온 천혜린이 자신의 얼굴을 담천의 코앞에 들이밀었다.

"손님이 계시는데, 무례하게 무슨 짓이오?"

담천이 못마땅한 얼굴로 말하자 천혜린이 흠칫 놀라 뒤로 물러섰다.

"저, 저는 다만 서방님이 걱정이 되서…… 용서해 주세요."

천혜린은 금방이라도 눈물을 뚝뚝 떨굴 것 같은 얼굴로 담천에게 용서를 빌었다.

그녀와 담천의 사정을 알지 못하는 다른 이들이 본다면 진실로 낭군을 사랑하는 지고지순한 여인이라 여길 것이다.

담천은 천혜린의 가증스러운 연기에, 속에서 울화가 치미는 것을 간신히 억눌렀다.

"우선 손님께 인사부터 드리는 것이 예의이니 우리 일은 잠시 뒤로 미룹시다."

천혜린에게 싸늘한 눈빛을 보낸 담천이 곧장 서문유향에게로 걸어갔다.

천혜린의 입꼬리가 살짝 올라갔다 내려오는 것을 담천은 놓치지 않았다.

그녀가 자신을 놀리고 있는 것이다.

하지만 서문유향이 보는 앞에서 분노를 터뜨릴 수는 없었다.

게다가 그녀의 의도였든 아니든 담천이 서문유향을 직접 만나게 해 주었으니 오늘만은 천혜린의 짓궂은 장난도 얼마든지 눈감아 줄 수 있었다.

"서문 소저께서 이렇게 저희 가문을 찾아 주시다니 영광입니다."

담천은 우선 서문유향과 풍영에게 통속적인 인사를 건넸다.

"이렇듯 갑자기 찾아뵙게 되어 죄송해요."

서문유향이 감정이 담기지 않은 메마른 목소리로 말했다.

그녀 옆에서 풍영이 날카로운 눈으로 담천을 노려봤다.

"일단 긴히 드릴 말씀이 있으니 조용한 곳으로 자리를 옮겼으면 좋겠군요."

서문유향의 제안에 담천이 일행을 자신의 방으로 안내했다.

한데 막 일행이 방에 들어서기 위해 계단을 오르는 순간이었다.

"조심하십시오, 아가씨. 앞에 계단이 있습니다."

풍영이 서문유향을 부축하며 하는 말에 담천은 무언가 불길한 예감을 느끼고 급히 고개를 돌렸다.

아니나 다를까 풍영의 안내를 받으며 조심스럽게 계단을 오르고 있는 서문유향의 눈동자는 허공을 향하고 있었다.

담천은 가슴이 덜컥 내려앉는 것만 같았다.

"가가, 서문 소저는 눈이 잘 보이지 않아요."

그때 천혜린의 목소리가 들려왔다.

"어, 어째서……,"

담천은 멍한 얼굴로 말을 잇지 못했다.

"저는 괜찮습니다. 흐릿하긴 하지만 눈이 아주 먼 것은 아닙니다. 담 공자나 그 어떤 사람의 동정도 필요치 않아요."

서문유향의 차가운 목소리가 담천의 가슴에 송곳처럼 파고들었다.

분명 자신의 죽음으로 인한 충격 때문에 생긴 증상일 것이다.

죽음이 반복되면 서문유향이 의식을 잃는 시간이 점점 길어질 뿐이라고 안이하게 생각했던 자신의 실수였다.

신체에 직접적으로 그 여파가 미칠 수도 있는 것이다.

분노한 담천이 천혜린을 노려봤다.

그녀는 알고 있었을 것이 분명했다.

"서방님 몸도 불편하신 서문 소저를 언제까지 밖에 세워 두실 생각인가요?"

천연덕스러운 표정으로 말하는 천혜린의 얼굴에 당장에라도 주먹을 날리고 싶었으나, 담천은 천천히 마음을 가라앉혔다.

천혜린의 말마따나 서문유향을 밖에 세워 둘 수는 없었다.

"이쪽으로……."

담천이 방문을 열고 서문유향이 들어오길 기다렸다.

그가 알고 있는 서문유향은 그야말로 여리디여린 여인이었다.

애써 강한 척하려는 그녀의 모습을 보니 가슴이 메어 왔다.

"우선 자리에 앉으시지요."

담천의 안내에 따라 일행이 모두 자리를 잡자 풍영이 방문을 닫고 서문유향 곁에 시립했다.

"그럼 단도직입적으로 말씀드리지요."

서문유향이 뜸들이지 않고 곧장 입을 열었다.

"우선 일전에 저를 구해 주신 것에 감사드려요, 천 소저."

서문유향이 살짝 고개를 숙이며 말을 이었다.

"그리고, 담 공자."

순간, 담천은 물론 천혜린의 표정도 변했다.

두 사람은 잠시 자신의 귀를 의심했다.

하지만 분명 서문유향은 담천에게 감사하다고 이야기한 것이다.

"호호호, 담 가가께까지 감사드릴 필요는 없습니다. 저도 그저 같은 무벌의 식구로서 당연히 해야 할 일을 한 것뿐이고요."

천혜린이 급히 굳은 얼굴을 풀고 아무것도 아니라는 듯

웃어 넘겼다.

서문유향이 실수로 잘못 이야기했을 수도 있었다.

혹은 충격 때문에 착각했을 수도 있는 문제였다.

"아니에요. 담 공자가 아니었으면 저는 목숨을 잃었을 것이 분명하니, 당연히 담 공자께 감사를 드려야지요."

하지만 서문유향은 다시 한 번 담천의 이름을 거론했다.

분명 실수가 아닌 것이다.

담천과 천혜린의 얼굴이 심각해졌다.

"왜 서문 소저께서 그런 착각을 하시는지 모르겠으나, 담 가가께서는 그때 종남산에서 의창으로 향하고 있는 중이었답니다. 아마도 소저께서 너무 큰 충격을 받으신 나머지 기억에 조금 혼란이 오신 모양이군요."

천혜린이 조심스럽게 서문유향을 달랬다.

"지금 내가 미치기라도 했다는 이야긴가요?"

"오해 마세요. 저는 그저 서문 소저께서 워낙 힘든 일을 겪으셨고, 그런 때에는 누구나 평정심을 유지하기 힘들다는⋯⋯."

"그만하세요!"

서문유향이 천혜린의 말을 끊었다.

"한 가지 여러분들이 알지 못하는 것이 있어요. 사실, 제가 그런 식으로 쓰러진 것은 처음이 아니랍니다."

담천과 천혜린은 그것을 너무도 잘 알고 있었다.

"의원들조차 원인을 알 수 없는 괴질(怪疾)이지요."

담천은 그것이 자신의 탓임을 알고 있기에 서문유향의 얼굴을 마주 볼 용기가 나지 않았다.

"그런데 하나 신기한 것은 제가 괴질로 인해 쓰러지게 되면 몸은 손가락 하나 움직일 수 없고 눈조차 뜰 수 없게 되지만, 의식만은 평상시처럼 멀쩡하다는 거예요. 그동안 저는 이 사실을 누구에게도 말하지 않았어요."

담천은 당혹스런 얼굴로 천혜린을 바라봤다.

하지만 그녀 역시 그 사실을 알지 못했던 듯 담천과 마찬가지로 당황한 표정이 역력했다.

"그래요. 그때 그대들의 대화를 모두 들었지요. 담 공자의 목소리도 똑똑히 기억해요. 게다가 천소저가 분명 담천이라고 부르는 것을 들었습니다. 그러니 더 이상 발뺌할 생각일랑 마세요."

담천과 천혜린의 머릿속이 복잡해졌다.

그나마 다행히 담천이 초유벽이라는 사실은 아직 모르는 듯했지만, 일단 담천이 진마를 죽일 정도의 능력을 지녔다는 것이 들통 난 상태였다.

그리고 만일, 그녀가 서문광천에게 이 사실을 알렸다면 문제는 더욱 심각했다.

"걱정 마세요. 이 사실은 지금 이곳에 있는 네 사람 외에는 아무도 모르니까요."

두 사람의 마음을 들여다보기라도 한 듯 서문유향이 단도직입적으로 말했다.

"풍 아저씨 또한 제 사람이니 믿으셔도 되요."

풍영에게 가장 중요한 것은 서문유향의 안위였다.

게다가 어쩔 수 없는 상황이긴 했으나, 염마에게서 서문유향을 안전하게 보호하지 못한 데 대해 죄책감을 느끼고 있었다.

한데 담천과 천혜린이 서문유향의 목숨을 구했으니, 두 사람의 진정한 정체가 무엇이든 풍영에게는 중요치 않았다.

"아가씨는 나에게 가장 소중한 사람이오. 아가씨의 목숨을 구한 것은 나의 목숨을 구한 것과 같소. 그대들의 정체에 대해서는 상관하지 않을 것이니 안심하시오."

천혜린의 표정이 그제야 풀렸다.

"천 소저께서 이렇게까지 하시는 데에는 단지 생명의 은인이라는 이유만은 아니신 듯하군요?"

그녀답게 서문유향의 말 뒤에 숨은 의도를 파악하고 있었다.

"맞아요. 제가 비밀을 지키는 조건으로 한 가지 두 분께 부탁할 일이 있어요. 물론 이것이 염치없고 은혜를 모르는 일이란 것도 알아요. 하지만 저로서도 너무 절실한 문제이기에 무례를 무릅쓰고 이렇게 두 분을 뵙게 된 거예요. 두 분이 아니면 저를 도와줄 사람이 없기 때문이에요."

무벌 최대 가문인 서문세가의 금지옥엽 서문유향의 입에서 나왔다고는 믿기 어려운 이야기였다.

그녀의 대단한 아버지 서문광천이나 그녀의 식솔들은 놔두고 왜 하필 담천과 천혜린에게 도움을 청한다는 말인가.

"일단 그녀의 부탁을 들어 보기로 하지."

그때 담천이 나섰다.

담천의 입장에서야 어떻게 해서든 서문유향의 부탁을 들어주고 싶은 것이 당연했다.

게다가 집안사람들을 놔두고 이곳까지 찾아온 것을 보면 무언가 복잡한 사정이 있는 듯 보였다.

이미 자신 때문에 실명 위기에 처한 그녀였다.

자신이 할 수 있는 일이라면 어떻게든 도와주고 싶었다.

"휴…… 좋아요. 어떤 부탁이신가요?"

못 말리겠다는 얼굴로 한숨을 내쉰 천혜린이 서문유향에게 물었다.

"초씨세가의 멸문에 대해 조사해 주세요!"

너무도 갑작스러운 이야기에 담천과 천혜린은 한동안 아무 말도 하지 못했다.

특히 담천은 마치 망치로 뒤통수를 맞은 것 같은 충격에 정신이 멍한 상태였다.

서문유향은 아직도 자신의 죽음을 잊지 않고 있었던 것

이다.

그녀가 왜 아버지나 식구들에게조차 이야기하지 않고 자신에게 왔는지도 그제야 이해가 갔다.

이미 서문광천과 무벌에서 결론을 내린 일이다.

어찌 보면 그녀의 행동은 가문과 무벌의 뜻에 정면으로 맞서는 일이었다.

"그게 무슨 이야기죠?"

그나마 먼저 정신을 수습한 천혜린이 다시 한 번 되물었다.

"초씨세가라면 흡혈마공을 이용해 아이들의 정기를 흡수한 천인공노할 자들이 아닌가요?"

"절대 그렇지 않아요!"

서문유향이 벌떡 일어서며 소리쳤다.

그녀의 얼굴엔 분노와 결의가 어려 있었다.

"그것은 모함이에요. 그동안 조사를 통해 많은 의문점들을 발견했어요."

조금 마음을 가라앉힌 서문유향이 다시 자리에 앉아 차분하게 말했다.

"그동안 조사를 하셨다면 왜 이제와 우리에게 부탁을 하는 것인가요?"

그때 풍영이 나섰다.

"지금까지 조사를 한 것은 나였소. 하지만 조사 때문에 아가씨 곁을 비운 동안 영화루의 사건이 터지고 말았소. 해서 다시는 아가씨 곁을 떠나지 않기로 했소. 내게 가장 중요한 것은 아가씨의 안위이기 때문이오. 그렇다고 다른 사람에게 조사를 맡기자니 믿을 만하고 실력이 있는 자를 찾기가 쉽지 않았소."

대충의 상황을 알 것 같았다.

풍영이 조사를 할 수 없으니, 다른 이를 찾아야 했다.

하지만 일의 특성상 믿을 수 있는 자가 필요했다.

만일, 서문광천의 딸인 서문유향이 초씨세가의 죽음에 대해 조사하고 있다는 사실이 알려지기라도 하는 날이면 무벌 내에서 큰 파문이 일 것은 불을 보듯 훤했기 때문이다.

특히, 자신의 자식들을 흡혈마공에 희생당한 가문들의 반발은 상상을 초월할 것이 분명했다.

그러나 과연 서문유향이 가족과 세가의 사람들 외에 믿을 수 있는 이가 몇이나 되겠는가.

그때 담천과 천혜린이 나타난 것이다.

어떻게 보면 서문유향이 그들의 약점을 쥐고 있는 상태였으니, 그것을 대가로 거래를 해 보기로 했으리라.

"참으로 순진한 아가씨로군요. 혹여 우리가 서문 소저를 그냥 제거하기로 마음먹으면 어쩌려고 이렇게 직접 찾아온 거죠?"

천혜린이 재미있다는 듯 미소를 지으며 물었다.

"감히!"

풍영이 검을 뽑아 들려 하자 서문유향이 손을 들어 막았다.

"그렇다면 제가 사람 보는 눈이 없음을 탓해야지요."

의외로 담담한 서문유향의 대답에 천혜린의 눈에 이채가 일었다.

"어차피 한 번 제 목숨을 구해 주셨으니, 이제와 죽인다 해도 할 말은 없어요. 게다가 그때 천 소저께서는 우연히 저를 만난 듯 말하셨지만, 왠지 저를 기다리고 계셨다는 느낌이 강하게 들더군요. 우선은 물품을 옮기러 가신다는 분이 짐꾼들을 대동하지 않은 것도 그렇고, 무사들이 미리 언질을 받은 듯 바로 뒤에 남은 것도 이상했어요. 그 이유는 따로 묻지 않겠어요. 하지만 제 느낌이 맞다면 두 분은 저를 죽일 사람들은 아닐 걸로 보이는군요."

담천은 서문유향에게도 이런 면모가 있었다는 사실에 속으로 놀랄 수밖에 없었다.

그저 여리고 해맑은 여인으로 봤는데, 담천의 죽음이 그녀를 저토록 단단하고 모질게 만들었다 생각하니 마음이 아팠다.

"제 이야기는 이게 다예요. 두 분께서는 제 제안에 응할 건가요?"

"흐음……."

천혜린은 고민에 빠졌다.

사실 서문유향의 제안은 그리 문제될 것이 없었다.

다만 이런 식으로 담천과 서문유향이 가까워질 경우 아무래도 담천의 숨겨진 정체가 드러날 가능성이 있는 것이다.

"거절하겠소."

뜻밖에도 담천이 나섰다.

서문유향의 얼굴이 차갑게 굳었다.

"왜죠?"

담천이 단번에 서문유향의 제안을 거절한 것은 그녀의 안위 때문이었다.

이번 사건은 진마가 연계되어 있을 가능성이 높았다.

담천으로서는 서문유향을 위험한 일에 끌어들이고 싶지 않았던 것이다.

"그따위 협박에 굴하고 싶지 않소."

담천이 다소 억지스러운 이유를 댔다.

"기분이 나쁘셨다면 사과드리지요. 하지만 그만큼 제게 필요한 일이었다는 것을 알아주시면 좋겠어요. 다시 한 번 부탁드립니다."

서문유향이 자리에서 일어나 허리를 깊숙이 숙이며 말했다.

그녀의 눈가에는 어느새 눈물이 고여 있었다.

그만큼 절실하다는 이야기였다.

담천은 가슴이 찢어지는 것을 느꼈으나 그렇다고 그녀를 위험에 빠뜨릴 수는 없었다.

"다시 한 번 거절하오."

서문유향은 한참 동안 아무 말도 없이 자리에서 움직이지 않았다.

입술을 깨물며 울먹이던 그녀가 입을 열었다.

"담 공자의 마음이 그러하다면 어쩔 수 없지요. 무례를 범한 것을 사과드리지요. 제 생각이 짧았던 것 같군요. 두 분에 대한 비밀은 계속 지켜 드릴 테니 심려 마십시오. 그리고…… 다시 한 번 저를 구해 주신 것에 감사드려요."

서문유향이 축 처진 어깨로 돌아서 문을 나서려 할 때였다.

"잠깐, 그 제안을 들어드리도록 하지요."

갑자기 천혜린이 그녀를 멈춰 세웠다.

담천의 눈썹이 추켜 올라갔다.

"무슨 짓인가?"

그때 천혜린의 전음이 들려왔다.

─잘 생각해 보세요. 우리가 아니더라도 어차피 서문 소저는 초씨세가의 일을 조사하는 것을 멈추지 않을 거예요. 그렇게 되면 오히려 위험에 빠질 가능성이 높아요. 그럴

바에야 차라리 우리가 옆에서 지키는 것이 안전할 수 있어
요.

담천은 흥분을 가라앉히고 생각에 잠겼다.

천혜린의 이야기가 옳았다.

자신은 너무 서문유향에게 집착한 나머지 깊게 생각하지
못하고 있었다.

"좋소. 단, 조건이 있소."

담천이 갑자기 마음을 바꾸자 서문유향이 반색하며 돌아
섰다.

"고마워요, 담 공자. 그리고 천 소저! 진정 이 은혜는
잊지 않을게요. 무리가 되지 않는 다면 어떤 조건이든 들
어드릴게요."

마치 부모가 사 준 당과를 받은 아이처럼 기뻐하고 있는
모습에 담천은 마음 한편이 아려 옴을 느꼈다.

"모든 일은 우리에게 완전히 맡겨 주시오. 정보 공유 외
에 어떠한 간섭도 혹은 다른 이에게 조사를 맡겨도 안 되
오."

"어차피 조사를 맡길 다른 사람이 있었다면 이렇게 찾아
오지도 않았을 거예요. 게다가 저나 풍영은 따로 움직일
수 없는 입장이니, 담 공자의 조건을 들어드리는 것은 전
혀 문제가 없겠군요. 다만, 일의 진행 상황을 정기적으로
알려 주시기만 하면 저는 불만이 없습니다."

담천이 고개를 끄덕였다.

"좋습니다. 그럼 앞으로 연락은 천씨상단과 혜린을 통해 하겠습니다."

이렇게 서문유향과 담천은 다시 인연의 고리를 이어 가게 되고 말았다.

한편으로는 가슴이 두근거리는 일이었으나, 어차피 자신의 정체를 밝힐 수 없는 담천이기에 마음의 상처만 더 깊어 갈 것이 분명했다.

하지만 천혜린의 말대로 서문유향의 안전을 위해서는 이 방법이 가장 좋았다.

서문유향은 몇 차례 더 두 사람에게 감사 인사를 한 후 담씨세가를 떠났다.

담천은 멀어지는 그녀의 뒷모습을 한참동안 지켜보다 자신의 방으로 돌아왔다.

6장
원수의 꼬리를 잡다

북경 자금성.

황궁 여기저기 세워진 화려한 건물들 위로 희끗희끗한 그림자가 빠르게 나타났다 사라지기를 반복했다.

그림자의 움직임이 얼마나 신출귀몰했는지 물 샐 틈조차 없이 촘촘하게 경계를 서는 수많은 금군들 중 그 기척을 알아차리는 이가 하나도 없었다.

어느 순간 그림자의 움직임이 멈추고 그 실체가 드러났다.

그는 바로 음마를 찾기 위해 단신으로 황궁에 침투한 혈마였다.

"이곳이 만귀비의 처소인가?"

혈마의 눈에서 혈광이 일었다.

내관을 하나를 붙잡아 심문한 결과 황제가 가장 총애하는 이가 만귀비라는 사실을 알아낸 상태였다.

황제를 자신의 뜻대로 조정하려면 그와 가장 가까운 이들 중 하나일 것이 분명했다.

여인 중 황제와 가장 가까운 이는 바로 잠자리를 함께하는 황후나 귀비들일 것이다.

내관의 말에 의하면 황제는 만귀비 외에는 다른 누구에게도 눈길조차 주지 않는다고 했다.

게다가 만귀비는 나이가 마흔이 넘었음에도 전혀 늙지를 않는다고 한다.

물론, 주안술을 익혔다거나 무공이 초극에 달한 이들은 본래의 나이보다 훨씬 젊어 보인다.

그러나 그런 점을 감안하더라도 만귀비에 대한 소문은 수상한 점이 많았다.

직접 확인해 볼 가치가 충분히 있는 것이다.

마치 유령처럼 지붕에서 내려온 혈마가 경비를 서던 금군들을 순식간에 해치웠다.

어차피 혈마에게 금군들은 탁자에 쌓인 먼지와 같은 보잘것없는 존재였다.

그들은 무슨 일이 일어났는지조차 모른 채 목숨을 잃었다.

금군들을 해치운 혈마가 귀비전 방문 앞에 멈춰 선 채입을 열었다.

"후후후, 그만 나오시지. 이미 내가 왔음을 알아차렸을텐데."

혈마의 입가에 진한 미소가 걸렸다.

음마가 안에 있다면 이미 금군들의 죽음을 알아차렸을터였다.

방 안에서 세 여인의 움직임이 느껴졌다.

하지만 특별한 기운이나 살기는 전혀 포착되지 않았다.

진마가 자신의 정체를 숨기고자 하면 같은 진마라 해도찾을 수 없었다.

아마도 음마는 그것을 이용해 혈마로부터 숨으려는 의도인 듯했다.

어차피 세 명 다 죽여 버리면 그만인 혈마로서는 가소롭기 그지없는 일이었다.

귀비전 전체를 통째로 쓸어버리겠다 마음먹은 혈마가 막손을 들어 올리는 순간이었다.

드르륵!

방문이 열리며 속이 훤히 비치는 나삼을 걸친 젊은 여인하나가 머리를 내밀었다.

"감히 이곳이 어디인 줄 알고 소란인 게냐!"

나삼 여인은 얼굴을 내밀자 마자 다짜고짜 혈마를 향해

호통을 쳤다.

피식!

혈마는 하도 어이가 없어 헛웃음을 지었다.

그녀가 설령 음마라 해도 감히 자신 앞에서 저토록 머리를 꼿꼿이 세우고 대들지는 못한다.

한데 아무리 봐도 평범한 인간으로 보이는 하찮은 존재가 자신에게 이놈 저놈하며 호통을 치고 있는 것이다.

"웃어? 네놈이 뜨거운 맛을 봐야 정신을 차리겠구나! 여봐라 게 아무도 없느냐! 허억!"

주변을 둘러보며 호통을 치던 여인이 그제야 금군들의 시체를 발견하고는 소스라치게 놀라 뒤로 주저앉았다.

너무 놀란 나머지 나삼 사이로 그녀의 은밀한 곳이 그대로 드러나 보이는 데도 전혀 의식하지 못하고 있었다.

그녀의 다리 사이에서는 어느새 누런 액체가 흘러나오고 있었다.

"쯧쯧, 지저분한 계집이로구나! 이제 상황 파악이 되었다면, 당장 만귀비를 나오라 일러라!"

상대할 가치조차 없다 여긴 혈마가 짜증이 잔뜩 묻어나는 목소리로 말했다.

"누, 누구냐?"

그때 소란을 듣고 나머지 두 여인이 문 밖으로 나왔다.

두 여인 역시 나삼만을 걸친 상태였다.

혈마가 눈살을 찌푸렸다.

세 여인 다 음마라기에는 무언가 부족했던 것이다.

내관이 말했던 만귀비는 양귀비나 서시가 울고 갈 고금 제일의 미모를 가지고 있다 했다.

물론 세 여인 모두 상당한 미인이긴 했으나, 고금 제일을 논할 정도는 아니었다.

게다가 행동 자체가 너무 어설펐다.

"누가 만귀비냐?"

짜증이 섞인 목소리로 혈마가 물었다.

"가, 감히 귀비님을 함부로 입에 담다니. 네, 네놈이 죽고 싶은 게로구나!"

아직도 상황파악을 못한 여인 하나가 혈마에게 소리쳤다.

용기는 가상했으나 상대는 다른 이가 아닌 혈마였다.

씨익!

혈마의 입꼬리가 위로 말려 올라갔다.

쉬아아악!

순간, 혈마의 몸에서 수십 가닥의 붉은 실이 뻗어 나와 세 여인을 덮쳤다.

퍼퍼퍼퍽!

"까아악!"

"아악!"

여인들은 수십 가닥의 붉은 실에 관통된 채 허공으로 떠올랐다.

놀랍게도 온몸이 붉은 실에 관통당해 피를 철철 흘리면서도 여인들은 목숨을 잃지 않고 있었다.

"사, 살려……."

"끄으으윽……."

세 여인은 극심한 고통에 말조차 제대로 하지 못했다.

혈마의 눈썹이 위로 추켜 올라갔다.

"이런…… 모두 가짜구나!"

적사(赤絲)에 전해져 오는 것이 아무것도 없었다.

일부러 힘을 숨기고 있다 해도 적사를 직접 몸에 집어넣은 이상 정체가 드러날 수밖에 없었다.

셋 모두 몸 안에 아무런 기운도 없는 평범한 인간이었던 것이다.

"만귀비는 어디로 갔느냐!"

혈마의 두 눈에서 섬광이 번뜩였다.

세 여인이 고통과 두려움에 정신을 차리지 못하자 섭혼술을 쓴 것이다.

"치, 칠 일 전에 의, 의창으로 떠…… 나셨습니다……."

섭혼술에 걸린 여인들이 한 목소리로 말했다.

마치 한 사람이 세 개의 인형을 조종하는 듯한 기괴한

모습이었다.

"이런 개 같은 내관 놈!"

혈마가 분을 못 이기고 고함을 쳤다.

어찌 된 일인지 자신이 처음 잡았던 내관은 만귀비가 자금성에 없다는 것을 말하지 않았던 것이다.

사실 이미 이 세상 사람이 아닌 내관으로서는 억울한 측면이 있었다.

만귀비가 의창으로 간 것을 아는 이는 극소수에 불과했다.

황궁을 떠날 때도 자신의 수하 셋만 대동한 채 은밀하게 움직였기 때문이다.

그러니 귀비전 내관도 아닌 그가 알 턱이 없었던 것이다.

어찌 되었든 혈마는 괜한 헛걸음을 한 셈이다.

촤아악!

분노한 혈마에 의해 세 여인의 육신이 육편이 되어 흩어져 버렸다.

'대체 의창에는 왜 간 것인가?'

혈마는 생각에 잠겼다.

현재 의창에는 혼마와 정체불명의 진마들이 날뛰고 있었다.

게다가 서문광천과 광마 또한 돌아간 상태다.

굳이 변수가 많은 상황으로 스스로 뛰어들 이유를 없었
다.

'이유가 어떻든 그년이나 여우 놈 중에 하나가 다른 진
마의 기운을 흡수하게 된다면 곤란해!'

그리 되면 자신과 비슷한 힘을 가진 진마가 하나 더 탄
생하게 되는 것이다.

그것만은 막아야 했다.

"흥! 네년이 한다면 나라고 못할 것도 없지!"

모든 진마 중에 가장 강한 존재가 바로 혈마.

마음만 먹으면 진마 둘과도 상대가 가능했다.

진마 간의 싸움이 벌어진다면 혈마야말로 가장 유리한
입장에 있는 것이다.

이렇게 된 이상 혼자만 가만히 앉아 있을 수는 없는 노
릇이었다.

의창으로 가기로 마음먹은 혈마가 허공으로 몸을 날렸
다.

☯

의창 초입으로 들어서는 화려한 행렬이 있었다.

삼백 명이 넘는 인원의 중심에 거대한 팔인교(八人轎)
가 자리하고 있었고, 그 위에는 이 세상의 사람이 아닌 듯

아름다운 여인 하나가 비스듬히 누워 있었다.

"만귀비의 행차시다. 모두 길을 열어라!"

가장 앞에선 건장한 체구의 사내가 쩌렁쩌렁 울리는 목소리로 소리쳤다.

그렇다.

그녀가 바로 황궁을 나와 의창에 도착한 음마, 만귀비였다.

은밀하게 황궁을 나선 것과는 달리 어느새 수많은 하인과 시녀들을 대동하고 의창 땅이 들썩일 정도의 대규모 행렬을 움직이고 있는 것이다.

"귀비께서 어찌 이런 누추한 곳까지!"

어느새 의창의 지부대인까지 나와 만귀비의 행차를 맞이하고 있었다.

만귀비가 미리 사람을 보내 황제가 직접 하사한 명패를 보여 줬기 때문이다.

"호호호, 이렇게 마중까지 나와 주시니 참으로 감사하군요. 내 황상께 지부대인께서 보내 주신 환대에 대해 반드시 말씀드리도록 하지요."

만귀비의 얼굴에 미소가 일자 마치 온 천지에 꽃향기가 가득 차는 듯했다.

"지부대인 귀비님을 너무 노골적으로 쳐다보시는 것 아닙니까?"

만귀비의 행렬을 이끌던 건장한 사내가 씨익 웃으며 농을 던졌다.

만귀비의 아름다움에 정신을 빼앗겨 한동안 멍하니 있던 지부대인이 자신의 실책을 깨닫고는 급히 고개를 숙였다.

"가, 감사합니다. 오신다는 말씀을 듣고 연회를 준비했습니다. 따라오시지요. 뭣들 하느냐! 귀비님을 뫼시거라!"

지부의 명에 좌우로 시립해 있던 오십여 명의 관군들과 관원들이 서둘러 걸음을 옮겼다.

◐

서문유향이 다녀간 후로 담천은 며칠 동안 심란한 마음을 잡지 못하고 아무런 일도 할 수 없었다.

자꾸만 서문유향의 초점 없는 눈동자가 떠올라 가슴이 찢어지는 것만 같았다.

게다가 아직도 자신을 잊지 못하고 자신의 죽음에 대해 조사하고 있는 그녀의 모습이 너무도 측은하고 슬퍼 보였다.

당장에라도 자신의 정체를 밝히고 싶었으나, 그렇게 되면 복수는 끝이었다.

자신의 사랑 때문에, 억울하게 죽어 간 가문의 원혼들을 버릴 수는 없었다.

사흘 째 되는 날 담천은 다시 마음을 단단히 하기 위해 뒷산으로 올랐다.

쓸데없는 생각을 지우는 데는 무공 수련만 한 것이 없었기 때문이다.

막 오전 수련을 끝내고 잠시 쉬려는 순간이었다.

우우우웅!

왼쪽 허리에 찬 노리개가 낮은 소리로 울었다.

'이것은!'

담천의 눈동자가 빛났다.

양화에게서 연락이 온 것이다.

담천은 즉시 노리개에 손을 가져다 댔다.

—하십니까?

양화의 목소리가 들렸다.

아무래도 처음 사용하는 것이라서 그런지 횡설수설하고 있었다.

"조용!"

담천은 즉시 양화의 말을 막았다.

"차근차근 이야기하거라!"

—아! 되는군요! 잘 들리시오?

담천의 목소리가 들리자 양화가 반색을 했다.

"무슨 일이지?"

—그자가 연락을 해 왔소!

역시 담천의 예상대로였다.

"직접 왔나?"

─아니오. 하오문을 통해 연락해 왔소.

"언제 어디서 만나기로 했나?"

─삼 일 후 천일루에서 유시 초─오후 5시─에 만나기로 했소!

천일루라면 양화가 항상 그자와 만나던 장소였다.

"만나는 방법은?"

─천일루 이층 우측 세 번째 방에서 기다리면 자신이 찾아갈 것이라 했소.

담천의 입가에 회심의 미소가 걸렸다.

생각보다 일이 수월해졌다.

천일루에서 미리 잠복하고 있다가 양화가 있는 방으로 들어가는 자를 잡으면 되는 것이다.

"가만! 놈이 항상 복면을 하고 너를 만났다 하지 않았느냐?"

문득 생각난 듯 담천이 물었다.

─그렇소.

담천이 생각에 잠겼다.

놈이 복면을 한 채 천일루 입구로 들어올 리는 없었다.

그렇다고 방으로 들어가면서 잽싸게 복면을 쓰는 것도 우스운 일이었다.

하면 세 번째 방으로 들어가는 또 다른 방법이 있는 것이 틀림없었다.

만일 비밀 통로라도 있는 것이라면 감시 방법을 달리해야 했다.

"놈이 들어오는 비밀 통로가 따로 있나?"

—그렇소. 장식장 밑에 비밀 통로가 있소.

"그걸 이제야 이야기하는 것이냐!"

울화통이 터진 담천이 고함을 쳤다.

만일 자신이 묻지 않고 천일루 밖에서 놈을 감시했다면, 닭 쫓던 개 지붕 쳐다보는 꼴이 되었을 것이다.

—그, 그것이……. 미처 생각지 못했소. 미안하오.

담천은 잠시 생각에 잠겼다.

비밀 통로가 있다면 문제가 복잡해진다.

'미리 숨어 있다 덮치는 수밖에 없군!'

하지만 그렇게 되면 양화는 죽게 될 가능성이 높았다.

양화가 배신한 것을 알게 되면 놈이 고를 터뜨려 버릴 것이 분명했기 때문이다.

양화의 죽음이 안타깝다거나 동정심을 느끼는 것은 아니었으나, 양화를 살려 주기로 한 약속을 지키지 않는다면 자신도 원수와 다를 바가 없는 존재였다.

담천은 고민에 빠졌다.

그에게 가장 우선시되는 것은 복수였다.

원수를 잡을 수만 있다면 얼마든지 악독해지고, 잔인해질 수 있는 그였다.

방법이 없다면 결국 양화를 희생시키는 수밖에 없었다.

'가만!'

그때, 담천의 머릿속에 하나의 생각이 떠올랐다.

혼마를 쫓을 때 사용했던 진향추였다.

'분명 특수한 향을 묻혀서 적의 흔적을 쫓는다 했지!'

만일 망원에게서 그 향을 얻을 수만 있다면 놈을 추적할 수 있을 것이다.

'방바닥에 미리 향을 뿌려 놓는다면 놈의 몸에도 묻게 되겠지!'

그 후엔 진향추를 사용해 놈을 추적하면 되는 것이다.

이 방법을 이용하면 놈의 배후에 있는 존재까지 밝혀낼 수 있으니 그야말로 일석이조라 할 수 있었다.

'망원을 찾아야겠군!'

마귀들과 싸웠던 갈대밭에 가면 그를 만날 수 있다 했다.

양화와의 연락을 끊은 담천은 곧장 장강으로 향했다.

☯

의창지부는 상당히 넓었다.

아무래도 의창이 상업의 요충지다 보니 조정에서 그만큼 신경을 쓰고 있다는 이야기였다.

장강을 오르내리는 배들 중 팔 할이 의창을 거친다.

대부분의 물자들은 배를 통해 의창에 옮겨진 후 호북과 호남의 수많은 도시들로 들어간다.

당연히 상거래가 활발히 이루어졌고, 조정에서 거두어들이는 세금도 상당했다.

만귀비는 지부 뒤쪽에 위치한 귀빈각(貴賓閣)을 통째로 차지한 채 기거하고 있었다.

귀빈각은 동시에 오백여 명이 머물 수 있을 정도로 상당히 넓고 고급스러운 건물이었다.

오층으로 이루어진 건물은 위로 갈수록 좁아져 마치 탑처럼 보였다.

꼭대기 오층은 방이 오로지 한 칸만 존재했는데, 바로 그곳에 만귀비가 기거하고 있었다.

욕실은 물론, 넓은 접객실, 서재, 작은 정원까지 갖추어진 공간은 그 넓이가 무려 백오십 평을 훌쩍 넘어갔다.

만귀비는 눈을 감은 채 욕조에 몸을 담그고 있었다.

먼저 의창에 도착한 풍현자의 보고에는 상당히 놀라운 내용들이 담겨져 있었다.

누군가 진마를 죽였다.

뿐만 아니라 진마이거나 그와 필적하는 능력을 가진 존재가 넷이나 나타났다.

상황이 생각했던 것보다 더욱 재미있어진 것이다.

만귀비는 풍현자의 보고를 받자마자 의창으로 들어왔다.

그것도 대대적인 행차로 시끌벅적하게 자신의 존재를 알리면서 말이다.

거기에는 그녀 나름의 노림수가 숨어 있었다.

"부끄러워 말고 그만 들어오시지."

만귀비가 눈을 감은 채 말했다.

순간 아무도 없던 욕실에 하나의 인형이 유령처럼 나타났다.

"그대가 음마로군?"

놀랍게도 나타난 이는 바로 남궁영재, 광마였다.

"호오…… 대충 짐작은 했지만 남궁영재 그대가 광마라니 재미있군."

만귀비가 천천히 눈을 뜨며 말했다.

만일 남궁영재가 아닌 다른 이였다면 그녀의 눈동자를 본 순간 혼이 나갔을 것이다.

"대체 원하는 것이 뭔가?"

남궁영재가 차가운 목소리로 물었다.

"성격도 급하군그래. 옷을 입을 동안 잠시만 기다려 주면 좋겠군."

남궁영재는 아랑곳하지 않고 말을 이었다.

"보란 듯이 소란을 떨어 놓고 이제와 여유를 부리시겠다? 게다가 마귀들까지 대동하다니……. 대놓고 찾아오라 한 것은 그대 아닌가?"

"호호호! 역시 여우답군그래. 아무래도 핏덩이 녀석과는 달리 그대와는 이야기가 통할 것 같아."

만귀비가 교소를 터뜨리며 욕조에서 몸을 일으켰다.

그녀의 눈부신 나신이 그대로 드러났다.

하지만 남궁영재는 코웃음을 칠 뿐이었다.

그녀의 실체를 너무도 잘 알고 있었기 때문이다.

"맞아. 내가 그대를 불렀지. 그대와 한 가지 거래를 하고 싶었거든."

만면의 미소를 지우지 않은 채 만귀비가 한쪽에 놓인 나삼을 걸쳤다.

"거래라? 내가 아닌 다른 진마가 찾아왔다 해도 똑같이 말했겠지?"

남궁영재가 조소를 지으며 말했다.

"섭섭한 소리군그래. 나는 그대가 찾아오리라고 확신했는데 말이야. 조금만 생각해 보면 금방 답이 나오거든. 현재 다른 진마들은 의창에서 함부로 모습을 보일 수 있는 상황이 아닌가? 바로 그대의 존재 때문이지. 의창은 그대의 안방과 같은 곳이잖아? 만일 나를 찾아왔다가 자신들의 존재가 탄로 나게 되면 그대에게 표적이 될 것이 빤하니…… 바보가 아닌 이상 누가 찾아오겠어?"

남궁영재의 눈동자가 빛났다.

"게다가 다른 진마들은 서로를 견제하는 것에만 정신이 팔려 있지. 그대처럼 큰 그림을 보지 못하거든?"

머리를 만지던 손을 멈춘 만귀비가 그윽한 눈으로 남궁영재를 바라보았다.

"그대의 말대로라면 이렇게 멋대로 찾아온 나는 바보라는 이야기군?"

"아니지, 광마. 그대는 그것을 이미 알고도 나를 찾아왔으니 다른 자들과는 격이 달라. 또한, 그대는 그에 대한 대비도 있을 거야. 물론 그만큼 자신도 있었겠지 안 그래?"

남궁영재는 만귀비의 이야기에 조금씩 흥미가 일기 시작했다.

광마라는 이름과 달리 남궁영재는 매우 치밀하고 용의주도한 성격을 가지고 있었다.

그가 광무단을 만든 이유도 다른 진마들처럼 오직 힘만을 추구하기보단 상황에 따라 적절히 사용할 수 있는 다양한 수단을 확보하기 위한 일환이었다.

"좋아. 그렇다면 그대가 말한 거래에 대해 들어 보기로 하지."

"일단 접객실로 자리를 옮기도록 하지. 그대를 이렇듯 계속 세워 놓는 것도 주인 된 도리는 아니니 말이야."

만귀비가 요염한 몸매를 뽐내며 접객실로 향했다.

자단목으로 만든 고급 탁자를 사이에 두고 두 진마가 얼굴을 마주했다.

"그대도 어느 정도 예상했겠지만, 내가 제안하려는 것은 우리 두 진마 간의 동맹이야. 물론, 당분간만."

이미 짐작을 하고 있었음인지 남궁영재는 그리 놀라지 않는 눈치였다.

"당신도 알다시피 현재 상황은 매우 복잡해. 진마들이 대부분 모습을 드러낸 상태고, 가장 강력한 적인 혈마도 건재하지. 게다가 천사궁과 수불도는 물론, 서문광천 또한 무시하지 못할 상대임이 이번 정마대전을 통해 증명되었어."

남궁영재가 장황한 만귀비의 설명에 인상을 찌푸렸다.

"그리고 진마가 죽었어. 거의 천 년만의 일이지. 혈마가 귀마를 죽인 이후로는 처음 있는 일이야. 이대로라면 그대나 나나 결코 생존을 장담할 수 없는 상황이야. 하지만 우리가 힘을 합친다면 어떻게 될까?"

만귀비의 눈에서 광채가 일었다.

두 진마가 힘을 합친다면 지금의 혼돈스러운 상황 속에

서 단연 유리한 위치에 서게 되는 것은 물론, 혈마라 해도 함부로 덤벼들지 못할 힘을 가지게 된다.

하지만 남궁영재의 얼굴 표정에는 전혀 변화가 없었다.

"후후, 하기야 광마, 당신이라면 이 정도는 이미 생각하고 있었겠지?"

"흥! 빤한 이야기. 내가 생각하는 문제는 우리가 서로 얼마나 믿을 수 있느냐야. 과연 그대가 내 뒤통수를 치지 않는다는 보장이 없지!"

"호호호, 그거야 당신도 마찬가지 아니야? 서로 알아서 조심하는 수밖에 없어. 그런 위험을 감수하더라도 우리의 동맹은 충분히 가치가 있음을 모르진 않을 텐데?"

만귀비의 말이 옳았다.

어차피 이 동맹은 한시적인 것이다.

다른 진마들과 적들을 제거하고 나면 결국, 광마와 음마가 최종 승부를 겨뤄야 하는 것이다.

친목을 도모하기 위한 동맹이 아닌, 상대를 이용해 이득을 얻기 위한 동맹이었다.

서로에 대한 믿음을 기대하는 것은 사치였다.

동맹으로 인해 얻을 수 있는 이득에 비하면 배신의 위험쯤은 얼마든지 감수할 가치가 있는 것이다.

서로의 필요가 다하는 순간 먼저 칼을 겨누면 될 일이다.

"좋아. 그대의 제안을 수락하겠다! 조만간 연락을 할 테니 그때 봐 자세한 이야기는 나누도록 하지."

남궁영재가 자리에서 일어섰다.

현재 이곳에는 집중된 시선이 너무 많았다.

너무 오래 시간을 지체하다 보면 자칫 자신의 정체가 드러날 확률이 높았다.

"당분간 한 배를 탄 동지가 되었으니 술이라도 한잔하고 가지그래?"

만귀비가 관능적인 미소를 지으며 말했다.

사내라면 도저히 넘어가지 않을 수 없는 그녀의 미소에도 남궁영재는 꿈쩍도 하지 않았다.

"흥! 그 조잡한 미혼공은 다른 놈들에게나 쓰도록 해!"

만귀비도 남궁영재에게 미혼공이 통하지 않는다는 사실 정도는 이미 알고 있었다.

단지, 남궁영재의 속을 긁기 위한 일종의 도발인 것이다.

코웃음을 친 남궁영재가 귀빈각을 소리 없이 떠났다.

☯

우우우우웅!

사방 오십 평 정도의 석실 안쪽은 붉은 연무로 가득 차 있었다.

석실 벽에는 알 수 없는 문양과 부적들이 빼곡히 채워져 있었고, 사방에는 각각 두 개씩의 황금으로 만든 그릇이 놓여 있었다.

여기 저기 어지럽게 얽혀진 바닥의 선들이 교차하는 중심에 서문광천이 가부좌를 튼 채 미동도 없이 앉아 있었다.

서문광천의 얼굴은 고통으로 인해 심하게 일그러져 있었다.

그것은 이 석실 안에 펼쳐진 대법 때문이었다.

서문광천이 원했던 지금보다 강해지는 방법이 바로 지금 이 석실에서 행해지는 대법인 것이다.

팔진혈령대법(八鎭血靈大法)이라 불리는 이 술법은 피와 제물을 이용해 힘을 얻는 극악한 대법이다.

강해지기 위해서는 무엇이든 각오하겠다던 서문광천조차도 꺼려했을 정도였다.

하지만 공지에게 염마의 피와 시체를 제물로 사용한다는 말을 듣고 나서 결국은 허락하고 말았다.

팔진혈령대법의 또 다른 특징은 대법이 시행되는 동안 대상자의 육신에 참을 수 없는 고통이 지속된다는 것이다.

그 대단한 서문광천마저 고통에 얼굴이 일그러질 정도이니 더 이상 말해 무엇하랴.

하지만 술법이 정도를 벗어난 만큼 그 효과는 탁월했다.

팔진혈령대법을 실시한 지 겨우 이틀에 불과했지만 서문광천은 자신의 몸이 달라지고 있음을 확연히 느끼고 있었다.

무언가 안에서부터 새로이 구성되고 있는 듯한 묘한 느낌이었다.

몇 번의 환골탈태를 겪은 서문광천이었지만 이런 경험은 처음이었다.

그르르릉!

그때 석실 문이 열리며 공지가 나타났다.

"그대로 움직이지 말고 들으시오. 또 다른 진마가 나타났소이다."

순간 서문광천의 눈이 번쩍 뜨였다.

"크으으…… 또 다른 진마라고?"

공지의 눈에 이채가 일었다.

팔진혈령대법의 고통 속에서도 입을 열 수 있다니 참으로 놀라운 정신력이었다.

"그렇소. 그것도 자신이 진마라는 것을 알리기라도 하는 듯 대대적인 행차까지 하면서 말이오."

공지는 걸음을 옮겨 황금 그릇이 있는 곳으로 향했다.

그의 손에는 제법 큰 물병이 들려 있었는데, 공지가 물병의 뚜껑을 열더니 황금 그릇을 향해 무언가를 쏟아부었다.

그러자 석실 안으로 지독한 악취가 퍼져 나갔다.

그것은 바로 염마의 피였다.

염마가 뇌옥에 있는 동안 지속적으로 뽑아냈던 피를 모아 둔 것이었는데, 거기에 여러 가지 재료를 첨가해 대법에 맞는 상태로 만든 것이다.

원래 진마의 피 자체가 인간에게는 독이었기에 그 냄새가 결코 좋을 수는 없었다.

"재미있게도 새로 나타난 진마의 정체가 황제의 귀비였소."

서문광천은 그제야 왜 혈마가 종남산에서 물러섰는지 이해가 되었다.

'또 다른 진마가 나타났다고 생각했던 모양이군.'

"어쨌든 보름 동안 그대는 우선 대법에만 집중하도록 하시오. 어차피 대법이 끝난 뒤에는 혈마라 해도 그대의 상대가 되지 않을 것이오."

여덟 개의 그릇 모두에 염마의 피를 채운 공지가 다시 한 번 당부를 한 후 석실을 떠나갔다.

'그래! 진마가 아니라 마신이 다시 나타난다 해도 모두 내 앞에 무릎을 꿇게 해 주마!'

이를 악문 서문광천의 눈에서 혈광이 번뜩였다.

망원이 이야기했던 갈대밭에 도착한 담천은 진향추를 꺼내 들었다.

갈대밭은 평상시에도 인적을 거의 찾아볼 수 없는 곳이었기에 조용하고 스산했다.

"망원 어디 있나? 진향추를 가지고 왔다!"

담천은 자신이 소리쳐 놓고도 왠지 민망함을 감출 수가 없었다.

'부른다고 오겠나?'

그러나 예상과 달리 거짓말처럼 망원이 나타났다.

"이거 반갑군요. 진향추를 가져오신 겁니까? 그렇다면 놈을 잡은 게로군요? 하하하! 역시 제 눈이 틀리지 않았습니다."

망원이 호쾌한 웃음을 터뜨리며 기뻐했다.

"사실, 한 가지 부탁할 것이 있어서 왔소."

망원이 의외라는 얼굴로 담천을 바라봤다.

평상시 자신을 그다지 좋아하지 않던 담천이 부탁을 하러 찾아오다니 뜻밖이었던 것이다.

"흐음…… 부탁이라……. 좋습니다. 그대도 한 번 내 부탁을 들어줬으니, 내 능력으로 가능한 일이라면 들어드려야겠지요. 말씀해 보시지요."

망원이 생각 외로 흔쾌히 허락하자 담천은 맥이 빠지는 기분이었다.

사실, 쉽지 않을 것이라 예상하고, 한바탕 드잡이질을 할 각오까지 했었기 때문이다.

요마라는 존재가 신의나 은혜를 아는 무리들은 아니었기 때문이다.

아무리 봐도 이 망원이라는 요마는 무언가 특이한 면이 있었다.

"이번에 내가 또 다른 진마에 대한 실마리를 잡았소."

진마라는 말에 망원의 눈동자가 번뜩였다.

그의 마귀들에 대한 적대감이 확연하게 느껴지는 반응이었다.

"놈을 잡을 계획이라면 당연히 도와야지요! 그 실마리라는 것이 무엇입니까?"

정색을 한 채 목소리를 높이는 망원을 보며 담천이 말을 이었다.

"놈의 수하로 의심되는 자가 있소."

망원이 무언가 깨달은 듯 고개를 끄덕였다.

"그자를 미행한다면 놈의 정체를 밝혀낼 수 있겠군요!"

담천이 원하는 것이 무엇인지 알아차린 것이다.

"진향추를 사용하려는 것이지요?"

"가능하겠소?"

담천이 조심스럽게 물었다.

"물론이지요! 마귀를 잡는 일인데, 아까울 게 뭐가 있겠습니까?"

망원은 두말 않고 진향추의 향료를 두 병씩이나 내주었다.

"어차피 무색무취하니 많이 뿌려도 놈은 느끼지 못할 것입니다. 걱정 말고 넉넉히 사용하십시오!"

마치 먼 길을 떠나는 아들을 챙기는 어머니 같은 모습에 담천은 왠지 닭살이 돋는 것을 느꼈다.

어쨌든 예상보다 쉽게 망원의 도움을 얻게 된 담천은 홀가분한 마음으로 집으로 돌아올 수 있었다.

◐

삼 일 후.

담천은 아침 일찍 양화를 찾아가 망원에게 받은 향료를 건네 줬다.

"이 향료를 복면인이 앉을 자리에 뿌리도록 해라."

양화는 의아한 눈으로 향료와 담천을 번갈아 바라봤다.

"놈을 추적할 수 있는 물건이다. 반드시 놈이 앉을 자리에 뿌려야 한다. 네 녀석 몸에 향로가 묻지 않도록 특히 조심해."

양화의 몸에 향료가 묻게 되면 진향추의 움직임을 간섭하게 될 것이 틀림없었다.

"만일 실수라도 한다면 네 녀석과의 거래는 모두 취소될 것이다!"

양화가 침을 꿀꺽 삼키며 급히 고개를 끄덕였다.

거래의 취소는 곧 자신의 죽음을 뜻하기 때문이다.

오후가 되어 담천은 미리 천일루로 향했다.

천일루는 가게가 그다지 크지는 않았으나 손님은 제법 많은 편이었다.

처음 담천은 손님으로 가장해 양화와 복면인이 약속한 옆방에 머무르려 했다.

하지만 혹시라도 천일루가 복면인과 연계되어 있을 경우 점원들에게 의심을 살 수도 있을 것 같아 아예 몸을 숨긴 채 주변에 잠복하기로 마음먹었다.

담천이 숨은 곳은 천일루 지붕 위였다.

오층짜리 건물의 꼭대기라서 밑에서는 위쪽을 전혀 볼 수 없는데다, 시야 확보도 확실했기 때문이다.

어차피 진향추가 있었기에 놈과 거리가 있다 해도 놓칠 걱정은 없었다.

유시 초가 가까워지자 양화가 천일루에 도착했다.

양화는 곧장 복면인과 만나기로 한 방으로 들어가 향료를 뿌렸다.

방 안쪽 사정을 알 수가 없었기에 담천은 초조하게 기다리는 수밖에 없었다.

우우우우웅!

유시 초가 지나고 약 일각 정도의 시간이 더 흐른 후에 노리개가 낮게 울렸다.

양화였다.

—놈이 떠났소!

담천은 즉시 진향추를 꺼내 들었다.

위이이잉!

피를 떨구자 진향추가 빠른 속도로 회전하기 시작했다.

한동안 회전하던 진향추가 파르르 떨며 한쪽 방향을 가리키자 담천의 신형이 움직였다.

담천은 결코 속도를 높이지 않았다.

자칫 놈을 지나쳐 갈 수 있었기 때문이다.

진향추가 비스듬한 각도를 유지하도록 속도를 조절했다.

음마와의 경험상 이 정도 각도면 놈과의 거리가 이십여 장 정도 떨어져 있는 상태였다.

비밀 통로의 입구는 인적이 드문 곳에 있을 가능성이 높았다.

그래야 드나드는 모습을 들키지 않을 것이기 때문이다.

물론 다른 건물 안에 위치하고 있을 가능성도 배제할 순 없었다.

하지만 건물 전체가 놈과 연계된 세력에서 관리하고 있지 않는 한, 다른 이들의 눈을 피하기 쉽지 않을 것이다.

그런 면에서 천일루도 분명 놈의 세력과 관계가 되어 있을 확률이 높았다.

그런 비밀 통로가 뚫려 있는 것도 그렇고, 비밀 통로를 통해 놈이 마음 놓고 다니는 것 자체가 그 사실을 더욱 확신시켜 주고 있었다.

순간, 진향추의 방향이 바뀌었다.

그것은 놈이 움직이는 방향이 바뀌었다는 이야기와 같았다.

담천은 즉시 주변을 살폈다.

혹시 놈이 비밀 통로 입구로 빠져나왔는지 확인하기 위해서였다.

어느새 의창 외곽 쪽에 다다른 상태였다.

그때 허름한 책방을 나서는 장년인 하나가 담천의 눈에 들어왔다.

제법 익숙한 얼굴이어서 기억을 더듬던 담천의 눈에 빛

이 일었다.

'저자는?'

그는 책방과는 별로 어울리지 않는 인사였다.

게다가 이곳에 있는 이유가 상당히 미심쩍은 자였다.

왜냐하면 장년인은 바로 남궁영재의 호위인 남궁태였기 때문이다.

항상 남궁영재의 옆에 붙어 있던 그가 무슨 일로 책방에, 그것도 번화가가 아닌 이렇게 외진 곳까지 나왔단 말인가.

진향추 역시 그가 있는 방향을 가리키고 있었다.

신경을 집중해 남궁태를 관찰하던 담천의 시선이 그의 손등에 멈췄다.

'화상 자국!'

양화가 말했던 복면인의 특징이다.

놈이 틀림없으리라.

담천의 입가에 회심의 미소가 어렸다.

이제 놈을 추적하기만 하면 누가 배후인지 알아낼 수 있을 것이다.

담천은 명륜안을 펼쳐 남궁태가 혹시 권속이나 마귀가 아닌지 살폈다.

하지만 아무런 흔적도 나타나지 않았다.

'인간이란 말인가?'

다소 의외의 결과였지만, 남궁태는 인간일 가능성이 높은 것이다.

책방을 나온 남궁태가 걸음을 옮기기 시작했다.

담천은 혹여 남궁태가 눈치채지 않도록 충분히 거리를 두고 뒤를 따랐다.

진양추가 있었기에 시야에서 사라진다 해도 놓칠 염려는 없었다.

남궁태가 움직이는 방향은 남궁세가 쪽이었다.

아무래도 세가로 돌아가는 것이리라.

담천의 머릿속이 빠르게 회전했다.

남궁태는 남궁영재의 최측근.

그렇다면 남궁영재가 진마일 가능성도 있다는 이야기.

물론 반대의 경우도 생각할 수 있다.

남궁영재조차 남궁태의 진정한 정체를 모를 수도 있었다.

남궁태가 오늘 꼭 자신의 배후를 찾아갈 것이라는 보장도 없었다.

하지만 놈을 미행하다 보면 점점 원수와 가까워질 확률이 높았다.

여러 가지를 생각하다 보니 어느새 놈이 남궁세가에 도착해 있었다.

담천은 주저하지 않고 놈을 따라 남궁세가로 잠입했다.

위사들과 경계병들이 눈에 불을 켜고 사방을 감시하고 있었으나 담천의 움직임을 전혀 눈치채지 못했다.

남궁태가 향한 곳은 남궁영재의 거처였다.

그렇다고 남궁영재가 진마라고 속단하기는 일렀다.

어차피 남궁태의 임무가 남궁영재의 호위였기 때문이다.

그저 표면상의 자신의 역할을 수행하기 위해 움직이는 것일 수도 있었다.

그것을 확인하기 위해서는 두 사람의 대화를 들을 필요가 있었다.

좀 더 가까이 접근하기 위해 담천은 조심스럽게 남궁영재의 거처를 살폈다.

곳곳에 매복하고 있는 무사들의 수가 상당했다.

하지만 마귀나 권속들의 기척은 느껴지지 않았다.

하기야 남궁영재가 진마라 해도 남궁세가 안에 권속이나 마귀들을 들여놓지는 않았을 것이다.

자칫하면 공지나 다른 이들에게 발각될 가능성이 컸기 때문이다.

"공자님, 접니다."

"들어오십시오."

그때 남궁태가 남궁영재의 방으로 들어갔다.

담천은 두 사람의 대화를 듣기 위해 담장을 타고 남궁영재가 기거하는 전각 지붕으로 향했다.

숨어 있는 무사들의 경지가 제법 높았으나 암혼기를 두른 담천의 움직임을 잡아내지는 못했다.

담천이 전각의 지붕에 막 올라선 순간이었다.

우우우웅!

갑자기 알 수 없는 기운이 담천의 온몸을 옭아맸다.

동시에 주변의 풍경이 일그러지기 시작했다.

'술법?'

분명 음마가 사용했던 것과 비슷한 술법이었다.

담천은 즉시 명륜안을 펼쳤다.

화아악!

일그러지던 주변의 풍경이 다시 원래대로 돌아왔다.

기운이 여전히 담천의 움직임을 방해했으나, 꼼짝 못할 정도는 아니었다.

음마의 기운을 흡수한 후 더욱 강해진 담천이었기 때문이다.

"쥐새끼가 숨어들었구나!"

그때 남궁영재가 문을 열고 뛰쳐나왔다.

담천이 술법에 걸린 것을 알아차리고 뛰어나온 것을 보면 남궁영재야말로 담천이 찾던 진마가 분명했다.

담천의 눈에 불꽃이 일었다.

남궁태가 혼자 저지른 일이 아니라면 남궁영재가 자신의

원수였다.

담천의 가슴속에서 그동안 억눌러 왔던 분노가 솟구쳐 올랐다.

지금 당장 남궁영재의 살가죽을 벗기고 뼈를 부러뜨려 육십여 원혼들의 한을 풀어 주리라!

우우우우웅!

암혼기가 용솟음치며 담천의 온몸을 가득 채웠다.

막 담천이 남궁영재를 향해 몸을 날리려는 순간이었다.

"적이다!"

"습격이다!"

남궁세가의 무사들이 소란을 듣고 전각으로 달려왔다.

담천의 움직임이 멈칫했다.

무사들이 개입하게 되면 귀찮아진다.

남궁영재가 진마라 해서 남궁세가 전체가 놈과 연관이 있다는 증거는 없었다.

아니, 오히려 일반 무사들은 남궁영재의 정체를 모를 가능성이 훨씬 높았다.

진마가 남궁세가의 현 안주인의 뱃속에서 태어났을 리는 없으니, 어쩌면 남궁세가 역시 피해자일 수도 있었다.

아마도 어떤 경로로 진마가 진짜 남궁영재를 죽이고 그 행세를 하고 있다고 보는 것이 옳았다.

하지만 그들의 눈에는 담천이 자신의 아들, 후계자를 노리는 적으로 보일 것이다.

결국, 그렇게 되면 담천은 남궁세가 전체와 싸워야 한다.

수많은 죄 없는 이들의 목숨을 빼앗아야 하는 것은 물론, 남궁영재와의 승부도 쉽지 않아질 것이다.

이전의 담천이라면 뒷일을 생각지 않고 무작정 공격을 했겠지만.

이미 수많은 시행착오를 통해 신중함을 배운 그였다.

게다가 이제 더 이상 불사의 육신을 믿고 몸을 함부로 내던질 수는 없었다.

혹시라도 죽게 된다면 이미 시력의 대부분을 잃은 서문유향이 이번에는 또 어떤 피해를 입게 될지 알 수 없게 되었기 때문이다.

결국 담천은 일단 철수하기로 마음을 정했다.

남궁영재를 향한 증오와 분노를 간신히 억누른 담천이 허공으로 몸을 날렸다.

하지만 전각에 펼쳐진 술법 때문에 움직임이 둔해져 있었다.

"흥! 어딜 도망치려고!"

지붕을 향해 몸을 날리는 남궁영재의 모습이 보였다.

만일 남궁영재와 부딪히게 되면 몸을 빼는 것은 불가능

할 것이다.

담천은 즉시 왼쪽 가슴을 향해 암혼기를 집어넣었다.

우우우우우웅!

화아아악!

배력공과 암혼장이 동시에 펼쳐진 것이다.

"엇!"

지붕을 향해 몸을 날리던 남궁영재가 주춤하는 사이 담
천의 신형이 몸을 옭아매던 기운들을 끊어 버리고 화살처
럼 쏘아졌다.

"놈이 달아난다!"

"놓치지 마라!"

하지만 남궁영재가 본신을 드러내지 않는 한 배력공까지
펼친 담천을 따라잡을 수 있는 이는 아무도 없었다.

"이놈!"

남궁영재가 검을 휘둘러 검기를 쏘아 냈다.

파파팟!

몸을 날린 담천의 바로 뒤 기왓장들이 검기에 맞아 터져
나갔다.

그사이 담천의 신형은 쏜살같이 앞으로 쏘아져 나갔
다.

"젠장!"

남궁영재가 욕지기를 토해 내며 뒤쫓았으나, 역부족이

었다.

남궁영재와 남궁태를 따돌린 담천은 곧장 장원 외곽으로 내달렸다.

"놈! 멈춰라!"

그때 담천의 앞쪽을 한 노인이 막아섰다.

현 남궁세가 가주인 남궁천이었다.

이미 화경을 넘어선 고수였으나 승부를 겨룬다면 담천의 상대는 아니었다.

하지만 담천에게는 남궁천을 상대할 시간적 여유가 없었다.

천령검을 뽑은 담천이 그대로 쭈욱 떨쳐 냈다.

파앗!

순간 한 가닥 날카로운 기운이 섬전처럼 남궁천에게 쏘아져 갔다.

풍운십이검 제 팔 초 풍검탄섬(風劍彈閃)이 펼쳐진 것이다.

"헛!"

깜짝 놀란 남궁천이 급히 몸을 옆으로 날리는 순간, 담천이 드러난 빈틈을 놓치지 않고 바람처럼 빠져나갔다.

"이런!"

남궁천이 급히 몸을 돌려 담천을 쫓았으나, 암혼기가 일

단계일 때도 어지간한 고수들에게는 속도로 결코 뒤지지
않았던 담천이었다.

　결국 둘 사이의 거리는 점점 더 벌어지고 담천의 모습은
점이 되어 사라졌다.

7장
매복

담천의 침입으로 인해 남궁세가가 온통 발칵 뒤집혔다.

남궁천은 노발대발하며 추격대를 구성했고, 세가 내 정보대에 침입자의 정체를 알아내는데 총력을 기울이라는 엄명을 내렸다.

그러지 않아도 최근 뒤숭숭한 의창이었기에 더 민감하게 반응할 수밖에 없었다.

게다가 침입자의 실력 또한 예사롭지 않았던 것이다.

남궁영재가 기거하는 전각은 장원 내에서도 가장 깊숙한 곳에 위치하고 있었다.

한데 침입자는 그곳에 이르기까지 아무런 제재도 받지 않은 것이다.

그것은 화경 고수인 남궁천이라 해도 불가능한 일이었다.

만일 침입자가 마음먹고 세가 내의 누군가를 암살하려 했다면 과연 막을 수 있는 이가 몇이나 될까 생각하니 간 담이 서늘해졌다.

특히 침입자가 노린 이가 남궁영재일 가능성이 높다는 사실이 더욱 문제였다.

남궁영재야말로 남궁세가의 미래이며, 전부라고 할 수 있기 때문이었다.

남궁천은 즉시 남궁영재에 대한 경호를 강화했다.

남궁태뿐 아니라 초절정을 넘어선 두 명의 장로를 남궁 영재 곁에 항시 머물도록 했다.

장원 내 남궁영재의 방에는 두 사람이 얼굴을 마주하고 있었다.

남궁영재 맞은편에 앉은 이는 바로 남궁태였다.

남궁태는 남궁영재의 호위인 동시에 남궁영재가 비밀리 에 키우고 있는 단체인 광무단의 단원 중 하나였다.

"혹시 짐작 가는 인물은 없습니까?"

남궁영재가 남궁태에게 물었다.

당시 이곳에 있었던 사람은 자신과 남궁태뿐이다.

물론, 호위들이 곳곳에 숨어 있었으나, 침입자가 그들을 노리고 오지는 않았을 것이다.

그렇다면 놈이 노린 것은 남궁태 혹은 자신 둘 중 하나라는 이야기였다.

"소신의 머리로는 도무지……."

남궁태가 죄스러운 표정으로 말했다.

남궁영재가 눈을 가늘게 뜬 채 생각에 잠겼다.

'놈이 남궁태를 따라온 것인가, 아니면 나를 노리고 침투한 것인가?'

자신이 펼쳐 놓은 술법에 걸리고도 세가를 빠져나갔다.

그것은 침입자의 능력이 남궁영재 못지않다는 이야기였다.

현재 의창 내에 그런 존재는 많지 않다.

아니, 의창뿐 아니라 전 중원을 통틀어도 손에 꼽을 정도리라.

그렇다면 놈의 정체는 상당히 좁혀진다.

음마는 자신과 동맹을 맺은 상태이니 제외해야 했고, 습격을 당한 혼마 역시 죽었거나 큰 부상을 당했을 확률이 높으니 제외해야 했다.

그 둘을 제외하고 후보들을 뽑아 보면, 일단, 첫 번째로 정체불명의 진마를 죽인 존재를 생각해 볼 수 있다.

진마를 죽일 정도의 실력을 가지고 있는데다, 진마를 적대시하고 있으니 가장 유력한 후보였다.

두 번째로는 서문세가에서 난동을 부린 두 존재 중 하나일 수도 있었다.

역시 능력은 충분했으나 왜 남궁태나 자신을 노렸는지는 설명할 수 없다.

마지막으로 혼마를 습격한 자 역시 유력한 후보였다.

그자 역시 혼마와 맞설 수 있을 정도로 강했고, 진마들을 공격하는 자.

한 가지 중요한 사실은 정체불명의 진마를 죽인 자와 혼마를 공격한 자가 상당한 공통점을 가지고 있다는 것이다.

오히려 한 존재가 진마들을 사냥하고 다닌다고 생각하는 편이 더 가능성이 있어 보였다.

'만일 그렇다면!'

오늘 이곳에 온 침입자도 놈일 확률이 높았다.

'하지만 어떻게 내가 진마라는 사실을 안 것인가?'

그것이 의문점이었다.

자신은 한번도 정체를 드러낸 적이 없었다.

심지어는 음마를 찾아갔을 때도 기운을 숨겼다.

또한 유광과 광무단을 동원해 주변을 철저히 통제했기에 자신이 음마를 찾아갔다는 사실을 아는 이는 있을 수 없었다.

물론 남궁영재가 눈치채지 못할 정도로 강한 존재가 관여했다면 이야기가 다를 수도 있다.

하지만 현재 중원 땅에 그런 존재는 없다.

혈마조차도 남궁영재가 숨으려 마음먹는다면 찾을 수 없

었다.

한데 누가 있어 남궁영재의 종적을 알아차린다는 말인가.

아무리 생각해도 답이 나오지 않았다.

'어쨌든 놈이 만약 혼마를 공격한 그자라면 나를 노리고 있다는 이야기겠지!'

그에 대한 대비가 필요했다.

"수고했습니다. 그만 물러가 쉬십시오."

남궁영재는 남궁태를 숙소로 돌려보낸 후 유광을 만나기 위해 은밀히 세가를 나섰다.

◉

장원으로 돌아온 담천은 곧장 자신의 방으로 향했다.

오늘 상황을 정리하고 앞으로의 계획을 세우기 위해서였다.

막 담천이 자신의 거처에 도착했을 때였다.

"담 공자 어디를 그리 은밀히 갔다 오는 거요?"

갑작스런 목소리에 놀라 걸음을 멈춘 담천의 시야에 해명과 해륜, 원무, 장두의 모습이 들어왔다.

무슨 일 때문인지 그들은 마당에서 담천을 기다리고 있었던 모양이었다.

"잠시 무공 수련을 하다 왔소. 무슨 일들이시오?"

담천은 일단 사실을 숨겼다.

자신의 복수에 다른 이들이 끼어드는 것이 그다지 마땅치 않았기 때문이다.

"흥! 거짓말 마시오, 내가 담 공자를 찾느라 뒷산을 이 잡듯이 뒤졌단 말이오!"

해명은 담천을 찾느라 고생한 것이 아직도 억울한 듯 언성을 높였다.

"뭐, 따로 일이 좀 있었소만, 무슨 일 때문에 그러는 것이오?"

담천이 조금은 짜증이 섞인 얼굴로 물었다.

그때 원무가 나섰다.

"담 공자. 담 공자는 우리를 남으로 생각하십니까?"

원무의 표정에는 서운함이 가득했다.

담천은 아무 말 없이 그들을 바라봤다.

"짧은 시간이었지만, 그래도 우리는 생사를 함께한 동지가 아닙니까? 한데 어찌 모든 일을 혼자서 하려 하시는 것입니까?"

이들이 왜 자신의 방 앞에 모여 있는지 담천은 그제야 짐작할 수 있었다.

아마도 담천이 요즘 따로 일을 벌이고 있음을 눈치챈 모양이다.

담천이 자신들을 빼놓고 마귀를 잡으러 다니는 것에 대한 섭섭함을 토로하고 있는 것이리라.

담천은 잠시 생각에 잠겼다.

과연 자신에게 있어 이들은 어떤 존재일까?

처음에는 그저 복수를 위한 이용 수단에 불과했다.

하지만 담천도 사람인지라 거의 오 개월 가까이 함께하면서 정이 생기지 않을 수 없었다.

얼마 전에는 자신 답지 않게 술자리까지 함께 했을 정도로 자신도 모르게 이제는 동료를 넘어서 친우(親友)로 은연중에 인정을 하고 있었다.

하지만 그렇다고 이들을 자신의 복수에 끌어들일 수는 없었다.

"담 공자에게 어떠한 사정이 있는지는 우리가 정확히 알지 못해요. 자신의 일에 우리를 끌어들이고 싶지 않을 수도 있겠지요. 그러나 마귀를 잡는 것은 우리에게도 중요한 일이에요. 담 공자가 자꾸 그런 식으로 혼자 움직이는 것은 우리의 임무와 사명을 무시하는 것과 같아요."

뒤쪽에서 머뭇거리던 해륜이 용기를 내 말했다.

이제 도사가 아닌 도고의 복장을 하고 있었다.

도사나 도고의 복장이 그리 크게 차이는 나지 않았으나, 그동안과 달리 머리 모양도 여인의 것으로 바뀌고 나니 마치 한 송이 꽃이 피어난 것처럼 아름다웠다.

어느새 말투도 여인의 그것으로 돌아와 있었다.

"휴우……."

담천이 한숨을 내쉬었다.

처음 복수를 위해 부활했을 때의 자신 같았으면 신경조차 쓰지 않았을 일이었다.

그 당시에는 가슴속에 오로지 증오와 분노만이 자리 잡고 있었기 때문이다.

선기의 영향 때문인지 아니면 이들과의 관계 때문인지는 모르지만 전처럼 독하게 마음먹기가 쉽지 않았다.

남궁세가에서 물러선 이유도 물론, 남궁세가 전체와 맞서게 되면 승부를 장담할 수 없기 때문이기도 했으나, 죄 없는 이들을 함부로 죽이고 싶지 않은 마음도 한몫 했음을 부인할 수 없었다.

"일단 들어들 오시오."

담천이 앞장서 방으로 들어가자 일행이 잽싸게 우르르 뒤따랐다.

해명이 해륜에게 한쪽 눈을 찡긋거리는 것을 보니 아마도 미리 입을 맞춰 둔 상태였던 모양이었다.

"사실, 그동안 내가 혼자 움직인 것은 아직 적의 정체가 확실치 않았기 때문이오."

일행이 방에 들어서자 담천이 입을 열었다.

"진마의 수하로 보이는 자를 찾긴 했는데, 놈을 추격하기 위해서는 은밀하게 움직이는 것이 중요했소. 해서 일단 나 혼자 놈을 쫓아 사실을 확인하려 했던 것이오. 너무 많은 인원이 움직이게 되면 놈이 눈치챌 확률이 높았고, 혹시라도 내 짐작과 달리 놈이 진마와 전혀 관계가 없다면 모두가 괜한 헛수고를 하는 셈이 아니겠소?"

담천의 말에 일행이 고개를 끄덕였다.

"하하하! 그럼 그렇지! 우리는 담 공자가 우릴 남이라고 생각한다 오해했지 않소? 에이, 그러면 그렇다고 미리 언질이라도 주지 그랬소?"

해명이 호쾌한 웃음을 터뜨리며 말했다.

"그랬소?"

장두가 담천에게 머리를 들이밀며 해명을 따라 했다.

"미리 이야기하지 못한 것은 나의 불찰이오."

담천 스스로도 이렇게 변명하고 있는 자신의 모습이 생소하게 느껴졌다.

"그런데 그자를 추적한 결과는 어떻게 됐습니까?"

원무가 궁금함을 참지 못한 듯 담천에게 물었다.

"짐작이 맞았소."

일행의 눈이 휘둥그레졌다.

그렇다면 진마의 정체를 알아냈다는 이야기였기 때문이다.

"그럼 진마를 찾은 것입니까?"

"정말이오? 그게 누구요?"

원무와 해명이 앞을 다투어 담천에게 물었다.

잠시 뜸을 들이던 담천이 조심스럽게 입을 열었다.

"바로 남궁영재였소."

담천의 말에 다들 꿀먹은 벙어리가 되어 버렸다.

남궁영재가 진마라니 도저히 믿어지지 않았다.

그는 현재 무벌 내에서 가장 강력한 차기 벌주 후보.

게다가 무공이면 무공, 인성이면 인성, 모두 뛰어나다 알려진 인물.

항상 겸손하고 자기를 내세우지 않았으며, 자신보다 못한 이들을 업신여기지 않았다.

모든 후기지수들이 존경하고 선망하는 대상.

그게 바로 그인 것이다.

한데 그런 이가 마귀, 그것도 진마라니…… 믿기지 않는 것이 당연했다.

"확실한 건가요?"

해륜이 가장 먼저 놀란 마음을 수습하고 물었다.

그녀는 이미 남궁영재를 한 번 만난 적이 있었기에 더욱 담천의 말이 믿어지지 않았다.

당시의 남궁영재는 그야말로 반듯한 인물이었기 때문이다.

담천이 묵묵히 고개를 끄덕였다.

"마귀라는 존재가 원래 인간을 현혹시키는 요물이긴 하지만, 그자가 진마였을 줄이야!"

해명은 이미 남궁영재가 진마라는 사실을 받아들인 모양이었다.

아무래도 세상 경험이 풍부한 그로서는 인간이 겉모습만을 보고 판단할 수 없는 존재임을 잘 알고 있기 때문일 것이다.

"그럼 앞으로 어찌하실 계획입니까?"

원무가 앞으로의 계획을 물었다.

사실 담천은 혼자서 남궁영재를 처리할 생각이었다.

하지만 이렇게 된 이상 일행의 도움을 받는 것도 나쁘진 않을 것 같았다.

주변의 마귀들과 권속들을 이들이 맡아 준다면 훨씬 수월하게 남궁영재와 맞붙을 수 있을 것이다.

해륜도 이전보다 실력이 많이 늘어 제 몸 하나는 충분히 지킬 수 있는 수준이었다.

마음을 굳힌 담천이 말을 이었다.

"일단 무고한 희생을 줄여야 하니, 놈이 남궁세가를 벗어날 때를 노려 공격하려 하오. 그러기 위해서는 당분간 놈에 대한 정보를 수집할 생각이오. 그 후, 가장 적당한 시기와 장소를 택해 놈을 잡을 것이오."

"하기야 남궁세가 전체가 마귀와 연계되어 있을 리는 없을 테니……. 쓸데없는 희생은 피해야지."

해명의 말에 모두 고개를 끄덕였다.

"저도 한 가지 도움을 드리고 싶군요."

그때 방문이 열리며 천혜린이 들어왔다.

천혜린의 갑작스러운 등장에 담천을 제외한 모두가 깜짝 놀랐다.

일행이 보기엔 천혜린은 참으로 알 수 없는 여인이었다.

담천과의 관계도 조금은 이상했다.

정혼자라면서 둘의 행동은 연인이라기엔 너무도 사무적이었다.

게다가 마귀의 존재를 알고 있고, 마귀를 보고도 별로 놀라지 않는 것도 일반 여인들이라면 상상도 할 수 없는 일이었다.

모두의 시선에도 아랑곳하지 않고 천혜린이 특유의 묘한 미소를 날리며 방 안으로 들어왔다.

"흠흠. 천 소저 반갑소이다."

해명이 먼저 어색한 정적을 깼다.

"해명 도사께서도 잘 지내셨지요?"

"크흠! 덕분에……."

해명이 겸연쩍은 미소를 지으며 말끝을 흐렸다.

빨리 용건을 이야기하라는 듯 담천이 물끄러미 천혜린을

바라봤다.

"담 가가께서는 정인이 왔는데도 별로 반갑지 않으신 모양이에요?"

천혜린이 눈을 슬쩍 흘기며 서운한 듯 고개를 모로 돌렸다.

"중요한 회의 중이니 용건만 말하시오."

못마땅한 표정을 숨기지 않은 채 담천이 말했다.

"서방님께서도 아마 지금부터 하는 제 이야기를 들으면 무척 고마워하실 거예요."

천혜린이 공치사를 하는 모양세를 보니 무언가 담천에게 도움이 되는 일을 가지고 왔음이 분명했다.

"천소저 궁금해 죽겠소! 빨리 좀 말하시오!"

해명이 답답한 듯 천혜린을 보챘다.

"호호호, 알았어요. 해명 도사님을 봐서 이야기해 드리지요."

모두의 시선이 천혜린에게 집중됐다.

"저희 상단은 일의 특성상 고객에 대한 정보를 다양하게 수집하는 편이에요. 따로 정보 조직을 운영하고 있을 정도지요. 그중에는 남궁세가와 남궁 공자에 관한 것도 있어요."

천혜린의 말에 모두의 얼굴에 화색이 돌았다.

"놈이 언제 어디로 움직이는지에 대한 것도 있소?"

담천의 물음에 천혜린이 의미심장한 미소를 지었다.

"물론, 우리도 남궁 공자가 언제 어떻게 움직일 것인지

세세한 정보를 알 수는 없어요. 그의 계획을 알아내려면 측근이라야 가능한데, 마귀의 측근으로 들어가는 일이 쉬울 리가 없지요."

일행이 실망한 표정을 지었다.

"아직 실망하기는 일러요. 제가 남궁 공자의 움직임을 다 알 수는 없지만, 한 가지 행사만은 확실하게 알고 있지요."

잠시 말을 멈춘 천혜린이 칭찬이라도 해 달라는 표정으로 담천을 바라봤다.

하지만 담천은 아무 말 없이 그녀가 다시 입을 열길 기다렸다.

"칫, 좋아요. 그럼 본론으로 들어가지요. 아시는 분도 있겠지만, 남궁세가의 현 안주인은 남궁 공자의 친어머니가 아니에요."

남궁영재가 진마이니 당연한 이야기였지만, 천혜린의 말이 뜻하는 것은 그것이 아닐 것이다.

"남궁 공자를 낳은 친모는 그가 어렸을 때 병으로 사망했지요."

담천과 일행은 천혜린의 이야기를 조용히 경청했다.

"해서 남궁 공자는 매년 어머니의 기일이 되면 모든 일을 제쳐 놓고 호위인 남궁태만 대동한 채 모친의 무덤을 찾아요. 한데 그 어머니가 죽은 기일이 오늘로부터 정확히 닷새 후랍니다."

그제야 모두는 천혜린이 무슨 이야기를 하는지 깨달았다.

어머니의 무덤을 찾아가기 위해서는 남궁세가를 나서야
했다.

게다가 보통 무덤은 인적이 드문 곳에 위치하기 마련이
니 무고한 이들의 희생을 걱정하지 않아도 된다.

남궁영재를 공격하기엔 그야말로 딱 맞는 장소인 것이다.

"무덤의 위치는?"

담천이 급히 천혜린에게 물었다.

"원래는 본가가 있는 안휘에 묻어야 했으나, 남궁천이
남궁영재를 생각해서 의창 근처에 두었어요. 바로 의창 북
쪽에 신녀봉에 그녀의 묘가 있어요."

천혜린의 말에 모두들 눈을 빛냈다.

덕분에 일이 쉽게 풀린 것이다.

충분히 천혜린이 공치사를 할 만한 정보였다.

"이거 천 소저 때문에 우리의 고생이 반은 넘게 줄어들
었구려! 하하하!"

해명이 천혜린을 추켜세웠다.

"고맙소."

담천도 이번에는 그녀에게 진심으로 감사했다.

원수를 잡는 데 결정적인 도움을 주었기 때문이다.

"그럼 무덤에서 매복을 해야 하나?"

해명이 머리를 긁적이며 말했다.

왠지 무덤이라는 것이 꺼림칙했기 때문이다.

"그래도 죽은 이의 영면을 방해하는 것은 좀……."

해륜 역시 마음에 걸리는 모양이었다.

"그럼 무덤으로 향하는 길에 매복하면 되지 않겠습니까?"

원무의 말에 두 사람이 고개를 끄덕였다.

"그것이 나을 것 같군요."

그때 생각에 잠겨 있던 담천이 입을 열었다.

"어차피 미리 현장을 살펴보고 결정할 문제요. 어디서 놈을 잡을지는 그 이후에 정하기로 합시다."

"그럼 담 공자가 직접 가 보실 건가요?"

해륜이 머뭇거리다 물었다.

"그렇소."

"저…… 저도 함께 가면 안 될까요?"

천혜린의 눈치를 살피던 해륜이 조심스럽게 말했다.

"현장을 살피는 거야 별일도 아닌데, 굳이 둘씩이나 움직일 필요가 있소?"

"어허! 담 공자 우리 사제가 그동안 집에만 틀어박혀 있었음을 모르시오? 젊은 나이에 얼마나 갑갑하겠소? 어차피 위험할 일도 아닌데, 바람도 쐴 겸 함께 가는 것도 나쁘지 않잖소?"

바람을 쐬고 싶으면 아무 때고 장원 밖으로 나가면 될

일이다.

한데 왜 하필 담천과 함께 가야 한단 말인가?

"게다가! 우리 사제의 은밀한……."

해명이 천혜린을 살짝 곁눈질한 후 담천의 약점을 은근슬쩍 건드렸다.

"무, 무슨 소리를 하려는 게요?"

평상시 냉정을 유지하던 담천도 당황할 수밖에 없었다.

"사제의 은밀한 취미가 다른 사람의 무덤을 살피는 것이란 말이오, 후후후."

결국 담천은 해륜의 동행을 허락하고 말았다.

천혜린이 묘한 눈으로 해륜과 담천을 번갈아 바라보았음은 물론이다.

어쨌든 담천이 그토록 기다렸던 복수의 순간이 드디어 정해졌다.

닷새 후 신녀봉에서 모든 은원을 정리할 것이다.

◑

다음 날 담천은 해륜과 함께 신녀봉으로 향했다.

남궁영재 친모의 묘 위치는 천혜린에게 미리 설명을 들은 상태였다.

"저어……."

산에 오르는 데 해륜이 머뭇거리며 말했다.

담천이 걸음을 멈추고 해륜에게 시선을 돌렸다.

"그때 영화루에서의 일은 죄송해요. 처음 먹는 술이라……
저도 모르게……."

해륜의 얼굴은 어느새 붉게 상기되어 있었다.

"처음 먹는 사람이라고 하기엔 의심스러울 정도로 신나
게 마시던데?"

담천이 심드렁한 표정으로 말했다.

그때를 생각하면 지금도 울화통이 터질 지경이었다.

요즘 길을 지날 때마다 사람들이 수근 대는 것이 느껴졌다.

아마도 바람둥이에 파렴치한 담천에 대한 소문이 의창
전체에 퍼진 지 오래일 것이다.

소문 따위야 본래 신경 쓰지 않는 담천이었으나, 자신이
하지도 않은 일로 인해 오해를 받으니 기분이 좋을 턱이
없었다.

"그, 그것은……."

해륜이 부끄러워 말을 잇지 못했다.

담천 때문에 심란해서 술을 퍼먹었던 이야기를 할 수는
없었기 때문이다.

"어쨌든 이미 지나간 일이니 해륜, 그대도 더 이상 마음
쓸 필요는 없어."

목소리는 냉랭했으나 이야기의 내용은 전혀 그렇지 않았다.

자신이 이야기하고도 스스로도 멋쩍은지 담천은 횡 하니 뒤돌아 걸음을 재촉했다.

그런 담천의 뒷모습을 바라보는 해륜의 얼굴에 엷은 미소가 어렸다.

어쩐지 담천과 조금은 더 가까워진 것 같이 느껴졌던 것이다.

해륜과 담천은 반나절 가까이 무덤까지 이르는 길을 상세히 살폈다.

그 결과 담천은 무덤에서 오십 장 정도 아래쪽에 위치한 제법 넓은 공터를 매복 장소로 선택했다.

일행이 모두 숨을 수 있을 정도로 충분히 주변이 넓고 은폐물도 많았기 때문이다.

게다가 공터가 제법 넓어서 남궁영재와 담천의 싸움의 여파가 다른 이들에게까지 미치지도 않을 것 같았다.

현장 답사를 마친 해륜과 담천은 서둘러 장원으로 돌아갔다.

오 일이라는 시간은 화살처럼 빨리 지나갔다.

담천과 일행은 새벽부터 서둘러 신녀봉으로 향했다.

남궁영재가 움직이는 시간이 아침이었기 때문에 미리 매복 장소에서 놈을 맞을 준비를 하기 위해서였다.

"최근 놈 주변을 지키는 호위들이 늘어난 상태요. 생각보다 많은 자들을 상대해야 할 수도 있으니 미리 각오해 두도록 하시오. 상대는 진마! 되도록 무고한 희생은 막아야겠으나, 그렇다고 손속에 사정을 두는 우를 범하지는 마시오."

담천은 모두에게 단단히 당부했다.

해명과 원무, 해륜 역시 그 사실을 잘 알고 있었다.

상대가 상대이니만큼 조금의 방심도 죽음으로 이어질 수 있었다.

그때 담천의 눈에 간만에 밖에 나온 때문인지 신이 나서 이리저리 뛰어다니는 장두가 잡혔다.

장두야 워낙 단단한 몸을 가지고 있고, 시키는 대로 무조건 따르니 딱히 걱정할 필요가 없었다.

해가 조금씩 떠오를 때 즈음 일행은 매복 장소에 도착했다.

"일단 내가 기척을 숨기는 술법을 펼쳐 놓도록 하지!"

해명이 나서서 부적을 꺼내 들었다.

"혹시 놈이 알아차리지 않겠소?"

담천의 물음에 해명이 의기양양한 표정을 지었다.

"후후후, 지금 펼치는 술법은 자연 환경을 이용하는 것이라, 진마가 아니라 진마 할아비가 와도 눈치채지 못 할 거요!"

해명이 자신하자 담천도 더 이상 따지지 않았다.

담천 혼자라면 놈에게 기척을 들키지 않을 자신이 있었으나, 다른 일행은 달랐다.

그들은 몸을 숨기거나 은밀히 움직이는 데 익숙지 않았

기 때문이다.

기척을 지우지 못하면 결국 놈이 매복을 눈치챌 가능성이 높았다.

그렇다면 어차피 방법은 술법을 사용하는 수밖에 없는 것이다.

해명은 콧노래를 부르며 공터 여기저기에 부적을 붙였다.

사방에 부적을 붙인 해명이 공터 중앙으로 서서 주문을 외우자 삼십 장이 넘던 부적들이 감쪽같이 사라져 버렸다.

"자! 하나씩들 가져가시오."

해명이 일행에게 다시 부적을 한 장씩 나눠 줬다.

"그것을 몸에 지니고 있으면 이 장소에서는 존재하지 않는 사람과 같소. 하니, 절대 부적을 몸에서 떼지 마시오."

일행은 해명이 나눠 준 부적을 한 장씩 가지고 공터 옆 수풀로 몸을 숨겼다.

어느새 해가 산 위로 모습을 드러내고 있었다.

이제 남궁영재가 도착할 때까지 기다리는 일만 남은 것이다.

담천은 두근거리는 심장을 진정시키며 놈의 죽음을 상상했다.

그동안 수백 번도 더 생각해 오던 장면.

항상 원수에게 가장 잔인하고 참혹한 죽음을 내릴 것이라고 맹세했었다.

하지만 지금은 왠지 모든 게 식어 버린 듯했다.

그저 죽어 간 초씨세가의 식솔들을 대신해 놈을 벌하겠다는 단순한 생각 외에는 놈에게 어떻게 고통을 줄 것인지, 혹은 놈이 용서를 빌도록 만들겠다는 생각조차도 희미해져 있었다.

'하지만…… 어쨌든 놈은 오늘 이곳에서 죽을 것이다!'

담천은 자꾸 약해지려는 마음을 다시 한 번 다잡았다.

일행이 매복 장소에서 숨을 죽이며 기다린 지 반 시진쯤 지나 드디어 남궁영재가 멀리 모습을 드러냈다.

남궁영재의 일행은 모두 일곱이었다.

남궁영재, 남궁태, 그리고 죽립을 눌러 쓴 다섯 호위들이었다.

'놈!'

담천의 두 눈에서 불꽃이 일었다.

그의 살기가 옆에 있던 해륜과 원무에게까지 느껴질 정도였다.

만일 해명이 술법을 펼쳐 놓지 않았다면 남궁영재에게도 들켰을 터였다.

담천은 자신의 실책을 깨닫고 천천히 심호흡을 해 분노를 억눌렀다.

암혼기를 몸에 채우자 이전과 다르게 편안함이 느껴졌다.

아마도 함께 섞여 있는 선기의 영향일 것이다.

냉정을 되찾은 담천은 명륜안을 펼쳤다.

다른 마귀가 있는지 확인하기 위해서였다.

하지만 의외로 다른 마귀의 존재는 느껴지지 않았다.

하기야 만일 마귀나 권속이 있었다면 가슴의 문양이 먼저 반응했을 것이다.

"꿀꺽!"

긴장했음인지 원무가 침을 삼켰다.

해륜과 해명 역시 손을 꽉 쥐고 있었다.

모두 진마와의 대결은 처음이기 때문이었다.

그들의 사부로부터 진마가 얼마나 무서운 존재인지 귀가 따갑도록 들어왔고, 종남산에서 혈마의 신위를 목격한 터라 머릿속에 새겨진 두려움이 상당했던 것이다.

"왔군!"

그때 드디어 남궁영재 일행이 공터에 발을 디뎠다.

"남궁영재는 내가 맡겠소. 나머지를 부탁하오!"

암혼기를 온몸 가득 끌어올린 담천이 남궁영재를 향해 바람처럼 몸을 날렸다.

〈『봉마록』 제6권에서 계속〉

도서출판 뿔미디어 홈페이지 OPEN!!

안녕하세요.
지금껏 저희 뿔미디어를 응원해 주신
독자님들의 성원에 힘입어
이번에 새롭게 홈페이지를 오픈하였습니다.

저희 뿔미디어는 홈페이지에서 독자님들께서
보다 빠른 출간 소식과 미리보기 등
알찬 내용을 제공하기 위해 많은 노력을 기울였습니다.
또한 독자님들에게 도서 할인, 이벤트 등
다양한 혜택을 제공하고자 합니다.

저희 뿔미디어 홈페이지 오픈을 계기로
한층 더 독자님들과 가까워질 수 있는 기회가 되었으면 합니다

보다 많은 관심과 사랑 부탁드리며,
앞으로도 더 좋은 컨텐츠 제공에 힘쓰도록 하겠습니다.

감사합니다.

-도서출판 뿔미디어 올림-

www.bbulmedia.com